JN159791

袋小路

ジョルジュ・シムノン

瀬名秀明 監修　臼井美子 訳

シムノン
ロマン・デュール
選集

Chemin sans issue
1938

1

ある時が重要な意味を持つものだったとしても、それがわかるのは当然あとになってのことだ。その時、空は一面灰色で、どんよりとした雲が東風に押し流され、その上空には雨をたっぷり蓄えた雲がこの先まだ何日も降りそうな気配を示していた。

人々は文句をこぼしたり、あと一週間で復活祭だと言ったりする気力も失っていた。言ったってなんになるだろう？　こんな天気がもう何か月も続いているのだ。この数か月、新聞が報じるのは洪水や地滑り、土砂崩れのことばかりだ。

どうせなら、市の助役のパストールのように、肩をすくめて黙っている方がましだろう。助役は背を丸めて店のドアの前に立ち、両手をポケットに突っ込んで目の前の外の様子を見ていた。

午前十時になったばかりで、助役はまだ着替えを済ませていなかった。助役の家はすぐ隣なので、朝はいつもこの店に来ている。パジャマの上に古い背広を羽織り、裸足に黄色いヤギ革のスリッパを引っかけていた。

リリはカウンターでグラスを洗い、棚にしまっていた。漁師のトニはモールスキンのベンチソファに半分身を横たえ、無意識にリリの動きを目で追っていた。

風が吹きつけるたび、外に掛けられた亜鉛の看板が揺れて耳障りな音を立て、《ポリトの店《シェ・ポリト》》という店名の下に描かれた派手なブイヤベースの絵に雨が降り注いでいた。

当然ながら、店主のポリトは頭に来ていた。ポリトもまだ着替え前で、顔も洗っていなかった。通常なら二か月前にはもう使われなくなっているはずの大きなストーブに、荒々しく薪を放り込む。それから店内をどかどか歩くと、間にある一段の段差を下りて厨房に入っていった。厨房から店内に、手桶と片手鍋が鳴る音が響く。

「今日は枝の主日[1]じゃなかったかな？」ゴルフ＝ジュアンの教会の鐘が鳴り、助役が訊いた。ちょうどその時、黒ずくめの服の老婆がひとり、店の前を通り過ぎた。さした傘の下で身を縮こまらせ、もう一方の手にはミサ典書を持っている。

「そうじゃなくて、今日はろうそくを灯す日じゃないですか？」トニが寝ころんだままささやくようにして言った。

「なんのろうそくを？」

「児童聖歌隊にいた時には……」

「児童聖歌隊にいたのか？　おまえが？」

「そうですとも。ろうそくのことを憶えてます。主任司祭様が大きなろうそくに釘を打って……」

「夢の話じゃないか？」外に目を向けたまま、助役が馬鹿にするように言った。助役には似たような話でさえまったく記憶になかった。

店から見えるゴルフ＝ジュアンの港では、係留所につながれたボートが数隻、数メートル離れたところで船首に風を受けて踊るように揺れていた。ほんの少し先、湾に守られたアンティーブ岬[2]より外の地中海沖では、海は荒れ、白い湯気のように見えるほど激しく波打っている。

「本当です。あたしもろうそくのこと、憶えてます」リリがぽつりと言った。今まで誰もリリに注意を払っていなかったので、みな、顔を上げた。

助役はそのことについて無神経な冗談を飛ばすと、ガラス戸を少し開けた。突然、雨が狭い歩道にパラパラと音を立て、カフェの中まで吹き込んできた。

「ドアを閉めてくれ！」ポリトが厨房からがなり立てた。

「うるさいな！」助役は怒鳴り返したが、それでもすぐにドアを閉めた。

時おり、カンヌからジュアン＝レ＝パンへ向かう車が、車体に口ひげのような泥をつけて通る。大きな青い車が店の前に止まった。制服姿の運転手の乗ったリムジンだ。

リムジンから、白いズボンと黒い船乗りの防水服を身に着け、水兵帽をかぶった男が降りてきた。男は心ここにあらずといった様子で運転手と握手をすると、身を縮めてカフェに駆け込んだ。

助役は脇へ寄って男を通すと小さな声で挨拶をした。

「おはよう、ウラディーミル！」

車はすでに出発し、カンヌの方向へ戻っていった。ウラディーミルと呼ばれた男は黒い防水服から

1　復活祭直前の日曜日。
2　フランス南東部の都市。

雨のしずくを振り落とすと、決めかねたような不機嫌そうな顔をしてカウンターに近寄った。これは毎朝繰り広げられる光景だ。ウラディーミルは不快なものでも見るようにボトルの列を眺めた。この時間、その顔はむくんでまぶたは赤味を帯びている。グラスと布巾を手にしたリリが、微笑みながら注文を訊いた。

「ウィスキーですか？」

「いや」

ベンチソファにぐったり伸びていたトニも、ウラディーミルを見た。助役も今では向きを変え、ガラス戸を背にしてこちらを向いている。

「ええと、じゃあ……ウィスキーをくれ！」

ウラディーミルは煙草に火を点け、挨拶するまでもないと思いながらトニの姿を眺めまわした。そんなことをしたってなんになる？　どうせ一日中一緒にいるんだから。ウラディーミルは心の中でそう言うと、今度は外に目を向け、桟橋の端に姿を見せているヨットを眺めた。

「ブリニはもう出たのか？」

「見てないな……」

ウラディーミルは厨房に行った。中ではポリトがジャガイモを焼いていた。棚を開け、塩漬けのアンチョビの入った広口瓶を取ると、そこから二、三匹指で取り出す。

「昨夜は遅くまで起きてたのか？」ポリトが尋ねた。

「ああ、四時か……五時か……はっきりはわからない」

「ヴィラには大勢のお客さんが？」

「ああ、マルセイユからの客が大勢……。午後には発つはずだ」

ウラディーミルはカウンターのそばに戻ると、時おりウィスキーを一口飲みながら、塩抜きしないままのアンチョビをちびちびと食べた。それからため息を吐き、白い船の方を向いた。時が過ぎるのを残念がるように、助役もため息を吐いた。

「時間だ。着替えに行かなければ」助役は言った。

こう言うのは三度目だったが、助役にはカフェを出て隣の自宅に行く気にはなかなかなれなかった。あいかわらずベンチソファに寝そべったまま、トニが声を上げた。

「おや！　あそこ、ブリニだ」

波止場の方に目を向けると、誰かがヨットから降りるのが見えた。ウラディーミルと同じ白い布のズボンに黒い防水服を着て、金色の徽章のついた水兵帽をかぶっている。網の買い物袋を持って防水服の襟を立て、顎を引いて早足で歩いていた。男は方向を変えてカフェの中をのぞき込み、中にウラディーミルがいるのを見ると、そのまま市場へ向かった。

「あの男はきっと船でお嬢さんと仲よくやってるんだろうな！」助役が言った。

ウラディーミルは返事をしなかった。そして支払いをせず、防水服を肩に引っかけると《エレクトラ号》に向かった。

ポリトの店の常連たちは、ウラディーミルの様子がいつもとちがうことにはまったく気づかなかった。毎朝あんな様子だと思っていた。数年前にウラディーミルが《エレクトラ号》の船長になってから、時の経過とともに、みなその様子に慣れてきていた。最初に「いらない」と言われても、リリはためらわずにウィスキーを注ぐようになっていた。さらに今では、ウラディーミルがヨットに乗っている時間は長くなく、すぐに戻ってきてもう一杯飲んだあとには、朝のとげとげしさは消えることもわかっていた。

実際、その日が特別な意味を持つ日になるとわかっていた者はひとりもいなかった。常連たちは再び陰気にじっと雨を眺め、ヨットに近づいていくウラディーミルを目で追っていた。その姿はタラップの上に現れたあと、前部のハッチに消えていった。

「いいよな、うまい仕事にありつける男って……」漁師のトニがうらやましそうに息を吐いた。

「そうかい、だが私だったら毎日は嫌だ。あの男の立場にはなりたくないね」助役はそう言いながら、いいかげん着替えに行かなければ、と考えた。

リリはグラスを片付け終え、テーブルを拭いていた。湿気がテーブルを覆い、ニスを曇らせていたからだ。ポリトの店は漁師のためのカフェではなく、旅行者向けのレストランでもなかった。その両方で、ビストロと呼ばれることもあった。そこには昔のカウンターがあった。ビールサーバーのある大きな錫のカウンターだ。店の隅にはスロットマシーンがあった。床には今もプロヴァンス風に赤い敷石が敷かれているが、テーブルは美しい田舎風のダークオーク、椅子は分厚い麦藁の座面のある椅子で、窓には小さなチェック柄のカーテンが掛かっていた。

「リリ！」ポリトが大きな声で呼んだ。「脂身を半リーヴル買ってきてくれ」

「防水服を借りていいですか？」リリはトニに訊いた。

そうして防水服を着ると、教会と映画館をぐるりと囲む商店街へと走っていった。手慣れた主婦のようにズッキーニを一本一本触って選んでいるブリニの姿が目に入ると、リリは遠くから声をかけた。

「こんにちは、ブリニさん！」


風はあいかわらず強く、集まって動かぬ厚い雲の層のすぐ下を、灰色の雲が勢いよく流れていた。《エレクトラ号》の乗組員室では、まるで心臓発作の前触れの痙攣を感じている人のように、ウラディーミルがじっと立っていた。

右側がブリニの簡易ベッド、左側がウラディーミルだ。実際は両側にそれぞれ二段ベッドがあるのだが、上段のベッドは個人の服をしまう棚として使われていた。

ウラディーミルの方は散らかっていて、下着や衣類がごちゃごちゃと重ねられ、ヴィッテルのミネラルウォーターのボトルが数本散らばっていた。

ブリニの方は模範的な兵士のベッドを思わせた。布団は丁寧に折りたたまれ、下着やこまごましたもの、思い出の品はきちんと重ねられ、青いリボンで縁取られたコーカサス地方の都市バトゥミの風景画もあった。

ウラディーミルはポケットの中で手を握っていた。ヨットが波に揺られると体も一緒に揺れた。頭上の開いたハッチから雨が入り込み、床には濡れた四角形ができていた。

突然、ウラディーミルはため息を吐き、ロシア語でひとことつぶやくと、ブリニのベッドの枕元に置かれた焼き絵の小箱に手を伸ばした。それは女の子が小さなうちは大切な思い出の品をしまい、娘になってからはラブレターをしまっておくような箱だった。

ウラディーミルは小箱を開けた。中には写真や小銭、絵葉書など、値打のないこまごまとしたものが入っていた。

乗組員室のわずかな光の中で、一瞬、何かがキラッと輝いた。指輪にはめ込まれた、クルミほども大きいダイアモンドだった。

その時、甲板から音が聞こえ、ウラディーミルは素早く小箱を元の位置に戻した。自分のベッドに向き直って、かがんで見せるだけの時間もなかった。頭上の開いたハッチのそばに誰かが立ち、こう声をかけてきた。

「ああ、ここにいたのですか！」

「はい、お嬢さん……」

ウラディーミルは真っ赤になった。うろたえて、どうしたらいいかわからない。てきとうに服をつかむと、鉄の梯子を上って甲板に出た。

だが、若い娘はもうウラディーミルに関心を払っていなかった。彼女も防水服姿でポケットに手を突っ込み、船首に立っていた。茶色い髪が雨に濡れていたが、本人は気づいていないようだった。細身で均整のとれた体。厳粛で落ち着いた顔。彼女はポリトの店にいた助役のように、また、その時間、家に閉じ込められている多くの人がしていたように、降りつづく雨を見ていた。

「エレーヌさん……」

声をかけると彼女は振り返った。だがその表情は、いつものようにウラディーミルを拒んでいた。

「お母さんからことづかったんですが……」

言いかけたその時、ブリニが埠頭に姿を現すのが見えた。網の買い物袋から野菜がのぞいている。

「ミモザ館に昼食に来てほしいそうです。正午に車を寄こすと……」

「それだけですか？」

ウラディーミルは再び水兵帽をかぶると、タラップに向かった。桟橋の中ほどで向こうから来たブリニと行き合い、二人は足を止めた。

「またあっちに行くのかい？」ブリニがロシア語で尋ねた。

「いや、わからない」

「奥様は来る？」

「たぶんな」

二人はそれぞれの方向に歩きはじめた。二人の距離がだいぶ広がった時、ブリニが振り返り、大きな声でまたロシア語で言った。

「奥様に会ったら、金をもらってくれ。からっけつなんだ」

ウラディーミルは口の中でぶつぶつ言うと、そのまま歩きつづけた。ポリトの店のドアを押すと、窓際のベンチソファに座り、カーテンを開けた。助役はまだ家にひげを剃りに行く気にならなかったのか、あいかわらずそこにいた。

「トニが今日はろうそくを灯す日だと言うんだ」一時間後、リリがテーブルにブロット[3]用のマットを敷いていると、助役が言った。「私は枝の主日だと思うんだが……」

イタリア人——本当はほかの常連同様フランス人だが、みなにこう呼ばれていた——が、眉をひそめた。

「今日は枝の主日じゃないか？ なあ、ポリト！ カレンダーを持ってきてくれよ」

だが、カレンダーは見つからなかった。助役はトランプを切った。ようやく着替えを済ませ、ひげを剃ってこざっぱりとしている。顔にタルカムパウダーの跡がついていた。

ポリトも身なりを整えていた。こんな天気で旅行客の来る可能性はかなり低いにもかかわらず、白いコックコートとコック帽を身に着けている。

「なあ、ポリト、あんたもカードをやらないか？」

「すぐ行くよ。でも、しばらく代わりに口なしにやっててもらってくれ」

ポリトはかまどの火をかき立てた。口なしと呼ばれた男はにっこりして席に着いた。生まれつき口のきけないこの男は、準備はいいぞとみんなにわかるように合図した。

「どうしてろうそくに釘を打つんだ？」助役が訊いた。トニの話が頭にこびりついて離れないようだった。

「わかりません。でも、司祭様がそうしてたのは知ってますよ！」トニが言った。

ウラディーミルも知っていた。ウラディーミルは彼らのそばに座っていた。ちょうど、二つ離れたテーブルで、オリーブの皿とウィスキーが半分入ったグラスを前にして、テーブルに肘をついていた。

彼はモスクワの復活祭の大ろうそくのことを思い出していた。香が立ち込め、パイプオルガンの音が響く荘厳な雰囲気の中、十字架をかたどった黒い釘がろうそくに打たれていた。

　時おり、ウラディーミルは身震いし、ヨットにちらっと目をやった。甲板には今は誰もいなかった。エレーヌはブリニと一緒にハッチを下りていったのだろう。エレーヌはおそらくいつものようにブリニが料理をするのを眺め、ブリニの方は興奮しながら彼女に話を聞かせているにちがいない。

　万一、ブリニが小箱を開けようとしたら？　ウラディーミルは不安になった。さっきエレーヌは自分のしていたことを見ただろうか？　そのあと、犯行現場を押さえられたように顔を赤らめたことに気づいていただろうか？

　いや、彼女は俺のことをひどく軽蔑しているから、そんなことには気づきもしなかったはずだ。声をかけてきたのも、ヨットに乗る音が聞こえなかったので、単に驚いて見に来ただけのことだ。

〈こうやって《ル・コム・シ》、こうやる《ル・コム・サ》〉

　ほかの人には意味の通じないこんな言葉をよくブリニは口にする。ブリニは、何年経っても正しいフランス語が話せなかった。言葉を学んだりするよりも、船に付属するディンギーにニスを塗ったり、小皿料理、特にロシア料理やコーカサス料理の調理のような、根気強さや入念さが必要な仕事が好きだった。

　しかも、ブリニというあだ名がついたのは料理がきっかけだった。とびきりおいしいブリニ[4]を作る

3　トランプの2から6を除く三十二枚のカードを用い、二人から四人でするカードゲーム。フランスで非常に普及している。

ので、そう呼ばれるようになったのだ。

「こうやって《ル・コム・シ》」とブリニは説明する。「それから、こうやる《ル・コム・サ》」

ブリニはにっこり笑う。赤い唇をしたその口がとてつもなく大きく開き、輝く白い歯が見える。少し縮れた黒髪で、目は美しい濃い栗色の目だ。だが、ブリニの最も特別なところは、三十歳を過ぎても子どものような表情をしていることだ。

より正確に言えば、ブリニはムラート[5]の若者を思わせた。だがムラートたちは、ブリニのような動物的な優美さや無垢な陽気さ、子どもっぽい甘えた態度を持ってはいても、早いうちにそれらを失っていく。

けれども、ブリニは三十五歳になっても、十三歳のエジプトの少年のように美しくしなやかな女性的な魅力を持っていた。

〈こうやって《ル・コム・シ》、こうやる《ル・コム・サ》……〉

ウラディーミルは苦い気持ちで頭を上げた。

「リリ、もう一杯くれ！」空になったグラスを前に押しやり、注文する。

口なしが笑いながらウラディーミルを見た。額を見せて指を回し、ウラディーミルがまた酔っぱらおうとしているとしぐさで説明する。

ほかの人々はブロットに興じていた。大声を上げたり、ふざけたり、勢いよくカードを出したりしている。

だが、ウラディーミルはその声を聞いてもいなかった。テーブルに置かれたニースの新聞を手元に引き寄せ、記事の見出しに二、三、目を通すと、また押しやった。

ウラディーミルはいたたまれない気持ちだった。〝事件〟がすぐに起こればいい。そうすれば、さっきの自分の行為についてもう一度考えようとしないですむのに、と思っていた。

「〝《エレクトラ号》の母さん〟は、今日は来ないのかい？」ポリトが厨房の戸口から尋ねてきた。

「来ないだろ」

「あの人はノヴェナのお祈り[6]をしてるのかね？」

ウラディーミルは肩をすくめた。ここではジャンヌが毎日泥酔していることをこう言っているが、この言葉はあまりにも使い古されて、面白がる人はもういなかった。

ポリトの言う〝《エレクトラ号》の母さん〟は、朝の五時には泥酔していた。その後、眠りについて、今は散らかった自分の部屋で眠っている。一方、彼女が招いた客たちは、何をすればいいのかわからず、あてもなくヴィラをうろついていた。

彼女にほかに何ができたと言うのだろう？　粘つく口で目を覚ましたら、彼女だってウィスキーが一杯ほしいだろう。そして……。

時おり、ウラディーミルはブロットに興じる人々を眺めた。みな手元にペルノ[7]のグラスを置いてい

4　ロシアの国民的料理。一種のクレープで、特によくサワークリームと一緒に食べられる。
5　白人と黒人の混血児。
6　特別な願いを神に聞き入れてもらうため九日間連続して祈ること。
7　アニスをベースとしたリキュール。

る。

外では雨がまだ白いヨットに降り注いでいた。それはかつて駆潜艇として使われていたもので、長さは三十メートルで幅は狭く、先端が細くなっている。持ち主はそれに五十万フラン支払っていた。それなのに、その船が港を離れるのは、年にたった二回ほどだった。

だが、港を離れることになんの意味があるのだろうか？　所有するヨットにちなんで〝《エレクトラ号》の母さん〟と呼ばれるジャンヌ・パプリエは、ある時はカンヌの山の手の高台にあるミモザ館で暮らし、ある時は船で暮らす。だが、高台に住もうが海に出ようが、人生なんて同じものではないだろうか？

ウラディーミルが三杯目のウィスキーを注文すると、助役が振り向いた。というのも、今回はいつもの範囲を越えていた上、まだ正午にもなっていなかったからだ。

「何かあったのかい？」助役は訊いた。この素朴な質問にウラディーミルは顔を赤らめたが、助役は気づかなかった。

とにかく、この気まずい時間は今だけのことだ。一時間か二時間後にはジャンヌ・パプリエが目を覚まし、ダイアモンドがなくなっていることに気づくだろう。彼女はものにほとんど執着しないたちだが、週に一度は失くし、常に自分が置き忘れた場所で見つかるこの宝石を、とても大切にしていた。

毎回、同じ光景が繰り広げられた。彼女は使用人や招待客をひとり残らず集めると、疑いに満ちた目で全員を眺めまわす。そうしてこう叫ぶ。

「わたしのダイアモンドを盗んだのは誰？」

それからヴィラ中を引っかきまわし、使用人の寝室や、友人たちの寝室まで出向いていって、文句を言ったり、脅したり、嘆いたりするのだ。

「お金が要るんだったら、そう言えばいいだけなのよ。なのに、わたしのダイアモンドを盗むなんて！　ほしいって言われれば、シュミーズだってあげるのに、そんなわたしから盗むなんて！」

それは本当だった。ミモザ館には常に五、六人、いや十人ほどが暮らしていた。友人とも言えないような人が二日の予定でやって来ては、一か月も滞在していくのだ！　女も男もいたが、特に女がたちが悪かった。

「カジノに行きたいっていうのに、イヴニングドレスも持ってこなかったんですって？　じゃあ、いらっしゃい。ここから選べばいいわ」

こうして彼女はドレスを与えた。彼女はシガレットケースを与え、ライターを与え、ハンドバッグを与えた。酔っている時は、目に入ったものをなんでも人にやってしまった。たとえあとで冷静になった時に文句を言う羽目になるとしても。

「ここに来る人たちは、ただわたしにものをもらいに来てるんだから……」

そう言って彼女は使用人にものを与え、客たちにものを与えた。ものを与える相手ではないのはウラディーミルだけだった。それは、ウラディーミルはみなとはちがっていたからだ。

彼女にとって、ウラディーミルは自分の一部だった。ウラディーミルは彼女と一緒に酒を飲んだ。何杯か飲むと一緒に泣いた。二人は理解し合い、周りの世界に対してよく似た嫌悪感を示し、自分たち二人に対して同じ憐れみを示していた。

「ねえ、あなた、わかるでしょう、ウラディーミル……。あの人たちにはうんざり！……だけど、わたし、ひとりではいられないのよ……」

二人で酔いつぶれ、二人で同じベッドに身を横たえる。

「わたしは娘をどうすればいいの？　突然わたしのところにやって来たあの娘《こ》を？　あの娘《こ》は、元いた場所にいたほうがよかったんじゃないのかしら？」

ジャンヌ・パプリエは少なくとも三回は結婚していた。最初の夫のことは決して話そうとしなかった。モロッコで知り合った当時政府高官だった二人目の夫は、名前をルブランシェといい、今では二、三年ごとに大臣となるパリの政治家グループの一員となっていた。三番目の夫パプリエ氏は毎週火曜日をこのヴィラで過ごしていたが、ニースの自分のアパルトマンにいる方を好んでいた。白髪の老紳士で、ほとんどの人生を熱帯地方で過ごし、今では長椅子で居眠りすることが多くなっていた。夫は眠り病にかかっている、とジャンヌは言っていた。

ウラディーミルは少し前に助役がしていたように、目を上げて掛け時計を見た。ヨットに昼食に行く時間だと思ったが、動く気にはなれなかった。

〈こうやって《ル・コム・シ》、こうやる《ル・コム・サ》〉

ウラディーミルはブリニと顔を合わせるのが嫌だった。ブリニが向ける心からの笑顔や、ガゼルのようなつぶらな瞳を見たくなかった。おまけにウラディーミルは知っていた。ブリニにあのような女性的な魅力があるのは、結核にかかっているからだ。ブリニは誰にも言わなかったが、ベッドのマットレスの下には、いつもクレオソートのにおいの薬瓶が置かれていた。

ブリニのやつ、気の毒に！

ウラディーミルはパプリエ夫人をジャンヌと呼んでいたが、彼女への執着はなかった。二度ほどブリニをジャンヌの寝室で見かけたが、気づかないふりをした。おまけに、ジャンヌはウラディーミルに遠慮などしなかった。若い男を見ると、彼女はときどきウラディーミルにこう言った。

「今夜あの人を招待しなくちゃいけないわ」

ウラディーミルは愛人であり使用人であることを含め、すべてを受け入れていた。なぜなら、ウラディーミルの船長という身分は、単なる肩書で実態を伴わないものだったからだ。ウラディーミルはブリニと一緒にヨットの掃除をした。年に一度、船を塗りかえる前には二人で船体を磨いた。より正確に言えば、ウラディーミルはうまく立ちまわってすべての仕事をブリニにやらせていた。

だが、それはまた別の話だ。

いや、そんなことより、重要なのはエレーヌのことだ！


デジレの運転するリムジンがカフェの前を通り、ヨットの数メートル手前で止まった。車を降りれば雨に濡れるしかない。

だが、誰も出てこなかった。デジレはそれを嫌がったのか、何度かクラクションを鳴らした。

二人は中で何をしているのだろう？　カフェから見ていたウラディーミルも気になった。デジレは濡れる覚悟を決めたのか、車から降り、タラップを渡った。それからサロンに入り、しばらくは出てこなかった。おそらくエレーヌと話をしていたのだろう。

そのあと、デジレは船からひとりで戻ると、車をバックさせ、カフェの前で停めた。

「白ワインをグラスでくれ」デジレは注文した。

デジレはウラディーミルの正面に座ると、小声で言った。

「お嬢さんは来たくないんだそうですよ」

「ヴィラに食事に行くのが嫌だって?」

デジレは肩をひそめると、煙草を巻いて火を点けた。

「奥様のお友だちが何人か着いたんですが……。奥様はまだ起きないし、起こすなと言われてるんです」

デジレは皮肉っぽい眼差しをして、場末訛りで言った。

「お嬢さんの方は、たぶん、あのブリニさんが……」

その態度は先ほどよりさらに皮肉っぽく、ウラディーミルは顔を赤らめた。これが彼の唯一の弱点だった。バルト海沿岸地方特有の透き通るような肌と青い瞳、強さに欠けた肉体を持つウラディーミルは、何杯か飲むとすぐにまぶたが腫れるように、ちょっとした感情の変化がすぐにおもてに表れて、頬が真っ赤になってしまうのだ。

「一緒に来ます?」

「いや、俺はここに残るよ」

「ヨットで二人が一緒に料理しているところを見ました。お嬢さんはエプロンを掛けてましたよ」

ほんの少し前まで、ウラディーミルはヨットで昼食をとるつもりだった。だがこの言葉を聞いて、そんな気はなくなった。

自分がエレーヌに恋しているのかいないのか、そんなことをわざわざ知ろうとしたことはなかった。三週間前、エレーヌは自分たちの生活に突然入り込んできた。おそらく、ジャンヌ・パプリエの最初の夫である父親が亡くなったためだろう。

「どうしたんですか？　なんだか浮かない顔をして。一杯おごりましょうか」

「いや、いい」

「飲まないんですか？」

もう我慢できなかった。なぜこの男は話をしたがるのだろう。今はほかのことを考えているのに……。だが、正確に言えば、ウラディーミルは考えないようにしているのだった。ウラディーミルは待っていた。早く事件が起こらないかとじりじりと待っていた。

ダイアモンドはブリニの小箱の中にある……。そろそろジャンヌが起きて、ダイアモンドがないことに気づくはずだ……。

ブリニのやつ、気の毒に！

ヨットの煙突からは細い煙が出ていたが、風のせいで人の目ではほとんど気づかなかった。時おり、一時間か二時間に一度、ほんの数分雨がやむことがあった。だが、そのあとには前よりいっそう激しい風が吹き、先ほど雨がやんだ穏やかな時があったことさえ忘れさせた。

「食事をしていくかい？」

ポリトに訊かれてウラディーミルは「ああ」と答え、食欲のないままテーブルに肘をついて昼食をとった。それから、酒を飲んだ。そしてモールスキンのベンチソファに長々と寝そべった。光が目にしみるので、新聞紙を顔にかぶせた。

昼食が終わると、助役が戻ってきて、ゲームの相手を探していた。助役はウラディーミルからそれほど離れていないところに座り、別の新聞を広げて読みはじめたが、面白くない様子で顔を上げた。

「バックギャモンでもしますかい？」ポリトが小声で言った。

こうして二人でバックギャモンを始めたが、ブロットほどの面白さはなく、二人ともまったく身が入らずすぐやめてしまった。

何台もの車が通ったが、カフェに止まる車はなく、みな通り過ぎていった。教会の鐘が聞こえたが、助役はまだ今日が枝の主日なのかろうそくを灯す日なのかわからずにいた。助役はため息を吐くと、ベンチソファの隅にどっかりと腰を下ろした。

リリは再び洗ったグラスを拭いて棚にしまっていた。するとすぐに、助役のいびきが響きはじめた。ウラディーミルも寝ているのだろうか？　ズボンには泥のしみが点々とついている。青い縞模様のセーターを着て、顔は新聞紙で隠れて見えない。その赤みがかったブロンドは薄くなっていた。

「四時になったら起こしてくれ」ポリトはため息を吐いてこう言うと、寝室に上がっていった。

ヨットの煙突からはあいかわらず細い煙が出ていた。一方、ミモザ館ではジャンヌ・パプリエがベルを鳴らしてメイドを呼び、歯切れの悪い口調でゼルテル水[8]を持ってくるよう命じていた。

「下に誰かいるの？」

「エドナ様が婚約者の方を連れていらっしゃったので、昼食をお出ししました。応接間にいらっしゃいます」

「二人は何をやってるの？」

「何も」

「とにかく、もう少し寝かせてちょうだい」

「奥様はお起きにならないのですか？」

「そうよ。ところで娘は来てないの？」

「お嬢様はヨットにいたいとデジレにことづけなさったそうです」

「じゃあ、ウラディーミルは？」

「十時にお出かけになって、まだお戻りになっていません」

「じゃあ、もう少し寝るから起こさないでちょうだい」

客たちはブリッジをしたがったが、このゲームには四人必要なのにひとり足りなかった。雑誌や小説だらけの応接間で、スウェーデン人のエドナはトランプ占いをし、四十五歳の婚約者はゴルフウェア姿で映画雑誌を読んでいた。

厨房では執事が料理人と向かい合い、新聞に目を通しながらゆっくりと昼食をとっていた。

「今夜はみなさま全員ここで夕食を召し上がるだろうか？」

「さあ、どうでしょうねえ」

コート・ダジュールの数千もの家々やヴィラで、人々はみな何をしたらいいかわからず、ただ雨が降るのを眺めていた。カンヌやニース、アンティーブの映画館の入り口では、傘を閉じて中に入る人の姿が絶えることがなかった。

四時頃、助役は飛び起きるようにして目を覚ました。どんな夢を見ていたかは神のみぞ知る！　ウラディーミルがテーブルの前に座って頬杖をつき、こちらを正面から見ていた。

「だいじょうぶか？」ウラディーミルが訊いた。

「ああ、なんでもない」助役は答えた。

ウラディーミルはほかのことを考えていた。ブリニとエレーヌは、二人きりでヨットで何をしているのだろうか？　もちろん、見に行くことは簡単だ。だが、二人の間に何もないのなら？

実際、この時、二人の間で何か変わったことは起きていなかった。二人は日本の掛け軸がかけられた船のサロンでトランプをしていた。というよりも、ブリニがロシアのゲーム、シュナプセン[9]を教えていた。この前の日曜も、ウラディーミルは二人がこのゲームをしているところを偶然見かけていた。

「こうやって《ル・コム・シ》、こうやる《ル・コム・サ》……」

ブリニは勝って大笑いした。対戦相手のエレーヌを見るその目があまりにも子どもっぽく愛らしかったので、エレーヌも笑わずにはいられなかった。

「わたし、あなたのお友だちのウラディーミルさんって嫌い」エレーヌが唐突に言った。

ブリニは言い返した。

「それは君があいつのことをよく知らないからだよ。真のロシア人っていうのはあいつのことだ。あいつはすごいやつなんだよ。だけどそれがわかるには、あいつのことをよく理解しなくちゃならないんだ」

「だけど、あの人、仕事は全部あなたに押しつけてるでしょう」

「真のロシア人なんだよ」ブリニは繰り返した。

「あの人、あなたに嫉妬してるのよ」

「え？　ぼくに？」

ウラディーミルが嫉妬しているだって？　そんなことがあるわけがない。そう思ってブリニは笑った。

「そんなことよりさ、お話をしてあげるよ。コーカサスにいた時の話なんだ。ぼくたちは金持ちで、ある枝の主日に……」

ウラディーミルは、雨のしずくがしたたるカフェの窓ガラスの前でひとつ伸びをすると、リリにウィスキーのお代わりを注文した。

9　トランプを使った二人向けのトリックテイキングゲーム。

2

「あの人はどこに行くんだね？」

助役がこう言う間もなく、ドアがバタンと閉まった。ウラディーミルが突然出ていったのだ。リリはちょうどウィスキーのお代わりを出すところだったし、出ていくなどとは誰も予想さえしていなかった。外を見ると、ちょうどバスがウラディーミルの前でぴたりと停まり、ドアが開いたかと思えばまた閉じて、運転席のすぐそばに彼を乗せて出発した。

十分後、ウラディーミルはカンヌでバスを降りて市街地を抜け、あいかわらず降る雨の中、両側を壁に囲まれた坂道を上っていった。それから両側にライオンの石像のある鉄格子の門を入ると、砂利と芝生の敷かれた小道を進み、柱付きの外階段を上がった。

ウラディーミルはふと足を止め、耳を澄ませた。応接間から蓄音機の音が聞こえてくる。入り口のドアを開けると、防水服と帽子をコート掛けに掛けた。ロビーから、少し開いたドアの向こうの応接間の様子がうかがえた。スウェーデン人のエドナが気乗りしない様子で蓄音機を操作していた。隣の肘掛椅子では、エドナの婚約者のラモット伯爵が着飾った姿でだらしなく新聞を読んでいた。

テーブルの前には若い女性が座り、何枚もの紙に角の多い大きな文字で何か書いていた。みんなからジョジョと呼ばれる女性で、離婚後、別れた夫と絶え間ない争いを繰り返しており、今も恨みを連ねた手紙を書いているところだった。

ウラディーミルは応接間には入らずそのまま通り過ぎようとした。だが、ラモット伯爵に呼び止められた。

「やあ！　ウラディーミル」

ウラディーミルは陰気な顔でドアの隙間から伯爵を見た。

「二階に行くのかい？」

「ああ。でも、どうしてだ？」

「ジャンヌに来るように言ってくれないか！　何か面白いことをしよう。今日は一日中退屈してたんだ。ニースに行ってもいいし、モンテカルロもいいんじゃないかな」

ウラディーミルはまばたきだけで返事をすると、二階に上がっていった。第一次世界大戦前からあるこのヴィラは、典型的なコート・ダジュール・スタイルで、大理石がふんだんに使われ、多くの壁画があり、あちこちにブロンズ像が飾られていた。建設当時は、あらかじめ立てられた計画どおりに揃った家具が備えつけられていたはずだ。だが、その後、おそらくヴァカンスのシーズンごとに賃貸されたことが原因で、じゅうたんは色あせ、行き当たりばったりに家具が配置されたり取り替えられたりして、統一感を失っていた。そして、ある日、ジャンヌ・パプリエがこの屋敷を家具ごと買い取り、さらにニースやパリの自宅で余っていた家具を持ち込んだのである。

二階に上がると、ウラディーミルはドアに耳を近づけ、ジャンヌの寝室の様子をうかがった。中はしんとしていた。ゆっくりとノブを回す。だが、驚いたことに、ドアを開けると、ベッドに座ってこちらを見ているジャンヌと正面から向き合うかたちで目が合った。

ジャンヌの髪は乱れ、トーストと紅茶の載ったお盆が膝に置かれていた。カーテンはまだ閉まったままで、そのせいで部屋は薄暗かった。

「やっと来たのね」ジャンヌがそれだけ言った。

着飾ったジャンヌしか見たことのない階下の友人たちだったら、その姿を見ても彼女だとはわからなかっただろう。ジャンヌはもう五十歳に近く、寝起きにはいかつい顔つきをしていた。特に前髪がまばらに垂れた額には、頑固さがありありと表れていた。

「階下《した》の人たちは何をしているの？」ウラディーミルが黙ってベッドの足元に腰を下ろすとジャンヌが言った。

「エドナは蓄音機をかけていて、ラモットは新聞を読んでいる。ジョジョは手紙を書いているよ」

「あなたは船に行っていたの？　ねえ、このお盆をどけてちょうだい」

寝起きの彼女はいつも静かで、あたかも個性を取り戻すのにはそれなりの時間が必要であるかのような、まだ夢の中にでもいるかのような様子をしていた。ウラディーミルと同じく、彼女も腫れぼったい目をしている。

「階下ではほかに誰も見なかった？　ピエールとアンナはわたしに無断で出かけたようね」

ピエールは執事でアンナは料理人、二人は夫婦だった。

「何かあったの？」

「いや、何も」

何かあったわけではない。だが、ウラディーミルの神経は張りつめていた。騒ぎが始まる予感がしていた。宝石箱は化粧台にある。起きがけに、たまたまジャンヌが無意識に箱を開けたら……。

「ラモットが夕食にニースかモンテカルロに行きたいと言ってたよ」

「お天気はどう？」

「雨だよ」

「じゃあ無理ね！　日曜の夜の外出はデジレが嫌がるけど、そんなことは気にしないとしても、とにかく無理だわ。夕食は冷蔵庫にあるもので済ませるしかないわね」

部屋は散らかっていた。ジャンヌはまだ起きる気にならないようで、煙草をくれと言った。

「いずれにしても、使用人たちにはわたしに無断で出かけられたりされちゃ困るわ」ジャンヌが執事たちに話を戻して文句を言った。「あの人たちにはよすぎるほどよくしてあげているんですからね！」

これはお決まりの話だった。ここでは、どの使用人も好きなように振る舞っている。すると、ある日突然、ジャンヌが怒り狂って騒ぎはじめ、いきなり全員を馘にして自分はホテルに行き、次の使用人が見つかるまでの間、二、三日、そこに泊まるのだ。

「そんな風にうろうろするのはやめて。いらいらするじゃないの。ねえ、カーテンを開けてよ」

だが、カーテンを開けるとすでに日は暮れていて、雨の夕暮れの悲しげな雰囲気が部屋に入り込み、いっそう暗い気持ちになった。

「やっぱり閉めて！　明かりを点けてちょうだい」

ウラディーミルと二人の時は、ジャンヌは気取ったり体裁を繕ったりしなかった。心も体もありのままの自分をさらけ出していた。額の皺をさらけ出して、年老いた女のように見えたとしても、一向にかまわなかった。

「ねえ、そう言えば、返事しなかったわよね。船に行っていたのかって訊いたけど……」

「ああ、行ってたよ」

「エレーヌに会った？」

「ああ、いたよ」

「あの娘《こ》は船で何をしていたの？」

ジャンヌはまるで誰もいないかのように、ぽりぽりと頭をかいた。

「特に何も」

「それって、どう思う？」

ウラディーミルは肩をすくめた。ジャンヌはウラディーミルの頭の中に入り込もうとするかのように、その顔をじっと見つめた。

「あの娘《こ》はあなたに何か言っていた？　わたしのことを……」

「あの娘《こ》と話したことなんかないよ」

「じゃあ、あの娘《こ》は誰と話すの？　わたしとも、わたしの友だちとも何も話さないで！」

「ブリニとは話してるよ」

「それなのに、あなたはあの娘《こ》が何を話しているか知らないの？」

ウラディーミルはだんだん居心地が悪くなってきた。船の煙突から上る煙や、ブリニとエレーヌが子どものようにシュナプセンに興じている姿が目に浮かんだ。

「知らないよ……」

「おかしいわよね……。あの娘《こ》はわたしの娘よ。それは信じるしかないわ。だってあの娘《こ》を産んだのはこのわたしだし、ここに出生証明書だってあるんだから！　それなのに、どうしてもそう思えないのよ。それに、あの娘《こ》だってそうだと思うわ！　わたしのことを、何か変わったものでも見るような、驚いたような顔をして見るし、目にはわたしへの不信感が表れているんだもの……。ねえ、どう思う？　あの娘《こ》に定期的にお金を与えるようにして、どこかよそで暮らせるようにしてあげた方がよくないかしら？」

そう言いながらジャンヌは足をベッドから出すと、爪先にスリッパを引っかけてバスルームに行き、ドアを開け放したまま中に入っていった。その時、寝室のドアがノックされ、女性の声が聞こえた。

「わたしです！」

エドナだった。

「入れてあげて」ジャンヌが浴槽のお湯の蛇口をひねりながら言った。

すべてがまるで家族の間のことのように自然に行われた。ウラディーミルが寝室にいてもエドナは驚かなかった。彼女が浴室のドア枠に寄りかかると、ウラディーミルと化粧をするジャンヌの両方の様子が見えた。

「伯爵がニースに行こうと言っているんですが……」

「ウラディーミルから聞いたわ」

みんながラモットのことを伯爵と呼び、婚約者のエドナも例外ではなかった。二人が婚約して二年になるが、その間、誰も結婚のことを口にしなかった。エドナがミモザ館で数週間過ごす間、ラモットが時おり彼女に会いに来たかと思うと、突然、エドナは数週間もしくは数か月いなくなり、パリで過ごしたり、おそらくスウェーデンにいる両親に会いにいったりしていた。そして、ある朝突然、まるでここを発ったのが前日でもあるかのように戻ってきて、以前と同じ浴室とバスローブを使うのだった。

「わたしが日曜の晩には絶対に出かけないことを、伯爵は知ってるはずよ」

「でも、料理人が街に行ってしまったんです」

「それは残念だこと！　冷たい食事をとることになるわね！」

身支度を整えたら、ジャンヌは宝石箱を開けるだろう。そして……。ウラディーミルは思った。ブリニたちはまだ《エレクトラ号》で、トランプをしているのだろうか？　いや、船で軽い夕食をとっているはずだ。きっとブリニは話をして笑っていることだろう……。

もっとも、ブリニの話は作り話だ。ブリニは嘘をついている。実のところ、ウラディーミル自身もブリニも二人とも嘘をついていた。たとえば、このヨットでの仕事に就くために、ウラディーミルは、ロシア革命の際、海軍少尉として巡洋艦に乗っていたと言っていた。

単純な計算をすればすぐに嘘だとわかることだった。というのも、ロシア革命の時、ウラディーミルはまだ十八歳にもなっていなかったのだ。セヴァストーポリの海軍学校に入学して八か月しか経ってなかった。だが、そんな計算をする人は誰もいなかった。

ブリニはと言えば、海軍学校に入学したことすらなく、革命当時はギムナージヤ[10]に行っていた。ブリニは自分で話すような、さもなければコーカサスの地主がみな自称するような〝プリンス〟ではなかった。

〈ぼくたち国《ア・ヌ・ペイ》で……〉

最初の頃、ほんの少しの単語しかフランス語を知らなかった当時、ブリニがよく口にしたもうひとつの言葉がこれだった。〈ぼくたちの国《ダン・ノートル・ペイ》では〉というのが正しい言い方だ。

こう言って、ブリニは恍惚とした表情を浮かべ、コーカサスのことをまるでおとぎの国のように紹介する。両親は裕福な領主で、生まれた城には大勢の召使がいて、夜食の時にはろうそくを数百本も灯し、バラライカの音《ね》を聞きながら大いに飲み食いしていたのだと……。

〈ぼくたち国《ア・ヌ・ペイ》で……〉

ウラディーミルは顔が赤らむのを感じた。浴室のドア枠に寄りかかるエドナにも、風呂から上がって青みがかったバスローブを羽織ったジャンヌにもまったく注意が向かず、ひとりで考えていた。

もうすぐ、ジャンヌが宝石箱を開ける。その時になったら……。

昨夜は思いがけない幸運に恵まれた。ジャンヌが私室としている小さな客間で、ジャンヌとブリニ

10　中等教育学校。

と三人でしこたま飲んでいた時のことだ。朝から窓ガラスが一枚割れていたために、冷たい風が吹き込んできた。ジャンヌが文句を言い、ブリニにこう頼んだ。

「ブリニ、わたしの寝室からスカーフを持ってきて」

ブリニは言われたとおり二階に上がっていった。指輪が盗まれたことがわかったら、みんなあの時のことを思い出すだろう。そのあと、ブリニは最初にここを出て、船に眠りにいったのだからなおさらだ……。

「ウラディーミル！」ジャンヌが大きな声を出した。

「何？」

「卵を買いに行ってくれない？　家にはもう一個もないってエドナが言うのよ」

それは願ったりかなったりだ！　自分がいない間に、ダイアモンドがなくなったことがわかるのだから……。

ウラディーミルはヴィラを出ると、坂道を下り切った。まだ開いている食料品店を探すのにかなりの時間がかかった。だが、それほどの時間をかけて卵を持って戻っても、その間には家では何も起こっていなかった。実際、ジャンヌは階下に行ってもいなかった。

「ねえ、ちょっと手伝って」エドナが声をかけてきた。

ミモザ館にいる人々は、丁寧な言葉を使うこともあれば、こんな風に親しげな口をきくこともある。

シェイカーがテーブルの上に置かれていたので、ウラディーミルはそこから酒を注いだ。厨房に行くと運転手のデジレが新聞を読んでいた。黒い革のゲートルを外し、脚を休ませている。

みんなが夕食の準備を始めても、デジレは動かず、肘をテーブルについて新聞を読みつづけていた。ジャンヌがいつもと変わらぬ様子で下りてきた。だが、客間を通りながらカクテルを飲んできたためか、すぐに明るく陽気な態度になった。髪は赤褐色に染められていて、小柄で少し太めながら筋肉質で引き締まった体を、黒いシルクのドレスが際立たせていた。

「どう、みんな？」ジャンヌがしゃがれた声で言った。

エドナはどこかで見つけた白いエプロンを掛けていた。伯爵はテーブルの支度をしている。ジョジョはマヨネーズを作るのに失敗し、作り直していた。

「ねえ、ウラディーミル、あの娘《こ》は来ないと思う？　会いたいって伝言を送ったんだけど……」

そう言うと、ジャンヌは突然わっと笑い出した。

「ここの人たちったら、わたしの言うことを本当によく聞いてくれるわよね！　使用人たちでさえ、わたしにひとこと言えばいいだけなのに、それすらしないで、気の向くままにどこかに行ったり帰ってきたりするんだから！　ところで、デジレ、あなたは出かけないの？」

デジレは新聞から顔を上げると、静かに答えた。

「もう少ししたら、映画に行こうと思います」

「ウラディーミル、何か飲み物を持ってきてちょうだい！」

ウラディーミルだけが知っていた。ジャンヌは笑うふりをしているのだと。このあと、四杯、五杯とグラスを重ねたあとに、彼女はちがう言葉で話し、ちがう目をしてこちらを見てくるのだ。そして、もっとあとになり、酔っぱらったら、苦しい胸の内が明かされるはずだ。

「ねえ、ウラディーミル、わたしたちって不幸よね。みんなに馬鹿にされて、誰からも愛されないんだもの……。わたしたちって人がよすぎるのよ。そうでしょう！　わたし、みんなを追い出してしまいたいって気持ちになることが、何度もあるわ……」

だが、それはできなかった。ジャンヌは周りに誰かの存在を感じなければ生きていけないからだ。めったにないことだが、たまたま誰もいない時には、彼女はナイトクラブに行って新しい友人をかき集めてきた。

いよいよ泥酔してくると、彼女は泣き出した。

「娘がいるのに、その娘に全然会ってもらえないっていうのはね……。ねえ、ウラディーミル、それはどういうことか聞きたい？　それはね、娘はわたしを嫌ってるってことよ……。それが真実なの。誰も、わたしのことなんかわかってくれない。わかってくれるのはあなただけなのよ……」

それを聞くウラディーミルの目も潤んでいる。その頃にはジャンヌと同じくウラディーミルも泥酔しているからだ。

「ねえ、正直に言って。もしあなたにお金があったら、あなたもわたしと同じことをする？　人って何かにすがらなければ生きていけないものなのよ……」

だが、この日曜の晩は、それほどまでにはならなかった。みんなで食事をしたが、誰も食欲がなかった。あいかわらず雨がテラスに音を立てていた。伯爵はニースに行けずひどく怒っていた。ジャンヌは話をして場を盛り上げようとした。

まだ食事中のこと、十時になると突然、ウラディーミルがその日ポリトの店を出た時と同じように急に立ち上がった。

「どこに行くの？」

「帰らなくては！」

「頭でもおかしくなったの？」

そうじゃない。ただ帰るんだ！ ウラディーミルは心の中で叫んだ。もううんざりだ。もうこれ以上、このテーブルにはいられない。たしかに、飲んではいたが、ウラディーミルは自制心を失うほど飲んではいなかった。

「座りなさいよ、ウラディーミル！」

ジャンヌが高圧的な口調で言ったのが災いした。ウラディーミルは怒りで目をぎらつかせ、ジャンヌを見返した。いつもはとても優しく、物思いにふけっているようなその青い目が信じられないほど険しくなった。

そうやって彼女を見たあと、ウラディーミルはドアに向かってさらに二歩進んだ。

「ウラディーミル！」

それには答えず肩をすくめる。

「ウラディーミル、これは命令よ……」

ウラディーミルは何かつぶやくと外に出ていった。

「あの人、なんて言ってたの？」ジャンヌが訊いた。

エドナは何も言わなかった。伯爵が言った。

「『俺は召使じゃない』って言っていました」

ジャンヌはウラディーミルのあとを追いかけた。回廊の暗闇の中でようやく追いつく。

「ウラディーミル！」

だが、押しのけられてしまった。あまりに強く押され、あやうく転びそうになった。

こうして、その夜はほかの日よりかなり悲惨な日になった。ジャンヌはひどく傷ついた。ふと外出しようと思ったが、運転手がもう出かけてしまったことに気がついた。

「私が運転しましょう」伯爵が申し出た。

女たちは着替えに行った。女たちの支度が整うと伯爵は車庫に行ったが、しばらくして戻るとこう言った。

「イグニッションキーがありません。運転手が持っていってしまったんでしょう」

ジャンヌの怒りの矛先はエドナに向けられた。

「そんな目でわたしを見て、いったい、なんだっていうの？」ジャンヌは声を荒らげた。「まったく、さぞかし愉快でしょうよ！」

その頃、ウラディーミルはカジノの前でバスを待っていた。ゴルフ＝ジュアンに着くと、ポリトの店の明かりがまだ点いていた。ちょうどブロットの勝負が終わったところで、晴れ着姿の客たちが椅子にもたれかかって政治談議に花を咲かせている。

「一杯くれ」カウンターに肘をつきながら、ウラディーミルはリリに言った。

リリは笑った。

「今日の午後、ここを出てからどうしてたんですか？」

「俺が？」

ウラディーミルは自分がいきなり出ていったことをもう憶えていなかった。リリの笑顔にあふれる自分への憧れや優しさにも、まったく気づかなかった。飲み終えると、客たちに言葉もかけず店を出た。そうして《エレクトラ号》に向かい、タラップを渡るとしばらく甲板に立っていた。すると、不意に空気の静けさに気がついた。

東風はやみ、雨も上がっていた。すでに雲にはいくつもの切れ目があり、陸からはカエルがメスを誘う鳴き声が聞こえてきた。

船に明かりはなかった。だが、ウラディーミルには、エレーヌが左舷の手前の船室にいることはわかっていた。舷窓に花柄のプリントの厚地のカーテンの掛かった船室が彼女の部屋だ。きっと眠っているのだろう。いや、自分が立てた小さな音で目を覚ましているのではないだろうか？　もしそうなら、再び眠りにつく前に、早く通り過ぎないかと待っているはずだ。

そう思いながら、ウラディーミルは船の前部に進んでいった。ブリニはいつもハッチを開けて寝る。ウラディーミルがハッチに着くと、ちょうど月光が中に差し、狭いベッドに眠るブリニの顔が照らされていた。

その顔から受けた印象は、起きている時よりもずっと強いものだった。とても大人の男の顔には見えない。無邪気に眠る子どもの顔だ。ぽけっと口を開けて眠るその顔が、この印象をいっそう強くしていた。おまけにブリニは夜中に脈絡のない言葉をつぶやいたり、たまに神経質な身振りをすることもあったりして、それも子どものように感じられた。

ウラディーミルは中に入って向かいのベッドに横になろうとした。だが突然、顔を曇らせた。その顔を目にした人がいたら、今にも泣き出しそうに見えたことだろう。

だが、ウラディーミルは泣かなかった。踵を返すと、足音を忍ばせるのもやめて、重い足取りでタラップを渡り、ポリトの店に戻っていった。ガラス戸を荒っぽく押し、中に入る。ちょうど客たちが帰ろうと席を立ったところで、ポリトも店を閉める支度をしていた。

「リリ、一杯くれ!」

「え、まだ飲むんですか?」リリがとがめるような口調で言った。

「おまえに関係ないだろう?」

ウラディーミルはうつろな眼差しで、浴びるように次々とグラスを重ねた。客たちはその姿を眺め、目配せを交わした。四杯目を飲み干すと、ウラディーミルは口を拭った。カウンターから離れると戸口に向かったが、すぐにテーブルにぶつかった。その目には、誰も、何も映っていなかった。歯を食いしばっているのが客たちにもわかった。ふらつきながらドアの取っ手を探しているのを見て、リリがカウンターから駆け寄り、ドアを開けた。

「あの人はいったいどうしたのかね?」ウラディーミルが出ていったあと、助役がドアの方に歩きながら言った。「あの様子じゃ、海に身投げでもしかねないじゃないか」

リリや客たちは戸口に集まって、ウラディーミルがよろめきながら波止場を歩く姿を見送った。時おり、わけもなく不意に足を止めるので、どんな考えがあの頭をよぎっているのだろうかと客たちは尋ね合った。

立ち止まっていたウラディーミルがまた歩き出した。タラップを渡ろうと足を乗せる瞬間を、リリは固唾をのんで見守った。バランスを失わず渡れたことは奇跡のように思えた。

「心配することたあないよ。いつものことなんだから」ポリトがシャッターに棒を引っかけながら言った。

実際、ウラディーミルは無事に船に着いていた。ハッチの鉄の梯子を下りようとした時にバランスを失ったが、危なかったのはその時だけだった。その時は、梯子を上から下まで一気に滑り落ちた。眠りをかき乱されたブリニが、目を覚まさないままロシア語でつぶやいた。

「きみかい？」


翌日、空も、海も、白やピンクの家々の正面も、赤れんがの屋根も、《エレクトラ号》の周りに並ぶボートも、すべてが雨に洗われて美しく輝いていた。見渡す限りの山々も再び緑に塗られたように鮮やかな姿を見せていた。波止場の大きな石のくぼみにたまった少量の水だけが、かろうじて昨日までの雨の痕跡をとどめていた。

さらにもうひとつ、もっと確かな快晴のしるしがあった。海岸沿いの通りで、ポリトが白い服を着て、カフェの前にピンクと黄色の縞模様の日よけを下ろし、テラスにテーブルを並べ、パラソルを立てていたのだ。

ベッドにいる時から、ウラディーミルには何か規則正しい音が聞こえていた。甲板に行き、下に目をやると、すぐにブリニの姿が目に入った。ディンギーの中で、こう言いながらヨットの船体を削っている。

「ぼくのちいさなかわいいふね……」

これもブリニがよく口にする言葉だった。ブリニはペンキを新しく塗ったり、木にニスを塗ったり、銅の部分をぴかぴかに光らせたりするのが大好きだった。衝撃緩衝材をつけていても、漁船がこの《エレクトラ号》に接近し、船体に傷をつけることがあった。傷がつくのはいつも変わらず同じ場所だった。

そしてブリニが何時間もかけてはがれたペンキをかき削り、これを丹念に修復する。それもいつも変わらぬことだった。

もう昼になっていた。太陽はアンティーブ岬の上に高く昇り、海は穏やかできらきらと輝き、かろうじて波のうねりだけが昨日までの嵐を思い出させていた。

「デジレが来たよ！」ブリニが頭を上げて言った。

ウラディーミルとブリニはあまりにも長い間身近な存在として暮らしてきたので、わざわざ挨拶などしなくなっていた。海岸沿いの通りに目をやると、確かに青いリムジンがあり、ポリトの店のテーブルの前には制服を着たデジレが座っていた。

「何しにきたんだろう？」

「さあ……。あの様子じゃ、着いたばかりだな」

エレーヌが二人の生活に入ってくる前は、ウラディーミルとブリニは甲板でバケツの水で体を洗っていたが、今ではそうしなくなっていた。ウラディーミルは船首の甲板の下の乗組員室に戻り、身支度を始めた。

「蓄電池を持っていって充電しなきゃね！」ブリニがディンギーの中から大声で言った。

二人はいつも小さなガソリンエンジンで蓄電池を充電していたが、一週間前からエンジンが故障していた。そのため、船の電球を灯すのに必要な蓄電池を街の自動車修理工場に持っていき、充電する必要があった。

「デジレはジャンヌに言われて来たんだろう。なんでだろうな？」ウラディーミルは言った。

デジレはアペリティフを片手に朝刊を読んでいた。ウラディーミルはすぐにデジレのもとに行く気にはならず、ゆっくりと身支度をした。その時、仕切壁の反対側から軽い物音が聞こえた。エレーヌだ。いったい、何をしているのだろう？

ウラディーミルは甲板に上がった。もう一度ディンギーにいるブリニを見ると、ディンギーから二本の釣り糸が垂れているのに気づいた。釣りは船と同じくブリニが夢中になっているもので、たまにアナゴやタコが釣れただけで大喜びをした。

「蓄電池を運ぶには手押し車が必要だね！」ブリニは言った。

ウラディーミルが無関心に言った。

「手押し車がどこにあるかわかるか？」

するとブリニがかみついてきた。

「ぼくに手押し車を取りにいけって言うのか？　きみは何をしてるんだ？　ぼくはもう二時間も働いてるんだぞ！　料理をして、掃除をして、全部ぼくがやっているのに、きみは……」

「じゃあ、おまえは手押し車を取りにいくのは嫌だって言うんだな？」

ウラディーミルには、こう言えばブリニが文句を言いながらも言うことを聞くとわかっていた。一日十回、同じような光景が繰り広げられた。ウラディーミルが見ていると、ブリニが桟橋を通りながらぶつぶつ文句を言うように口を動かしているのが見えた。

もし、ダイアモンドがなくなっていることにジャンヌがすでに気づいていたら……。

何もすることがなく、ウラディーミルはサロンに下りた。太陽の光が舷窓から差し込み、部屋はまばゆい光に包まれていた。中に入ってしばらくするまで、ウラディーミルはエレーヌがいることに気づかなかった。暗いところに腰かけて手紙のようなものを書くその姿に気づいたのとほぼ同時に、エレーヌが顔を上げた。

「おはようございます。お嬢さん」ウラディーミルは帽子をとって挨拶した。

エレーヌは軽い会釈を返したが、そのまま何も言わずにウラディーミルの顔を見ていた。ウラディーミルはどうしたらいいかわからなかった。自分がここにいる理由もなかったし、エレーヌは自分が出ていくのを待っているように見えた。

「運転手が来ました」ウラディーミルは言った。

「知っています」

「ああ、そうでしたか。お嬢さんに何かことづけがあったのでは？」

「いいえ」

二人の会話はいつもこんな具合だった。エレーヌはいつも感情をおもてに出さず受け答えをする。つやのない肌と濃い色の瞳をした形のよい面長の顔は、常に冷静だ。ポリトの店の客たちからは、彼女は自分たちを見下している尊大な人間だと思われていた。彼女はカフェに一度も足を踏み入れようとしないし、誰とも話そうとしないからだった。

「モーターボートの準備をしなくていいですか?」

ウラディーミルは尋ねた。エレーヌはときどきひとりでボートに乗ってサント＝マルグリット島にふらりと行ったり、アンティーブ岬を一周したりしていたからだ。

「いえ、いいです」

「けっこうです」

「何か俺にできることはありませんか?」

ウラディーミルを見ながら、彼女はペン先をなめた。いったい誰に手紙を書いているのだろうか?

ウラディーミルは無意識のうちに青みがかった便箋に目をやった。だが、反対側からは何も読めなかった。

「お母さんから何か頼まれませんでしたか?」

「何も」

ウラディーミルはため息を吐いた。そして最後に周囲を見まわすと、別れの言葉をぼそぼそ言って部屋から出た。栈橋を歩いていると、ちょうど手押し車を押したブリニがやって来た。

「ウラディーミル、いったい、どこに行くんだよ？」ブリニが憤慨した様子で言った。

「デジレに言うことがあるんだ」

「蓄電池をぼくにひとりで出せってことかい？」

「すぐ戻るから……」

だが、正午になってもウラディーミルは戻らなかった。ブリニはボートで漁網の修理をしていた漁師のトニに手を貸すよう頼み、蓄電池をゴルフ＝ジュアンの自動車修理工場へ持っていった。

「奥様が俺に用か？」カフェのテラスでデジレの前に腰を下ろしながら、ウラディーミルは言った。

「奥様は、昨夜は十二時前にお休みになったんですが……今朝は何かひどくお怒りになっていて……」

「何かおっしゃってたか？」

「何も。ただ、ウラディーミルさんを迎えに行くようにと……」

ダイアモンドだ。まちがいない。

「リリ！」ウラディーミルはリリを呼んだ。「白ワインを持ってきてくれ。それと、アンチョビとオリーブだ」

「ウニはいかが？　口なしが持ってきたんです」

その間、デジレは新聞に目を通して待っていた。急ぐ必要はなかった。主人がかんしゃくを起こしていようがいまいが、どうでもいいことだった。

「そうか！　じゃあ、もらおうかな。店のおごりですよね？」デジレが言った。

二、三人の漁師が、一週間前から使っていない漁網をボートの上で片付けていた。その向こうの岩場では、一艘のボートが滑るように進んでいた。中では男がひとり、海の中にいるウニをひとつずつ刺して採ってはかごに入れていた。

「昨夜、ヴィラではみな何をしていたんだ？」

「わかりません。私が帰ってきた時は、奥様はすでにお休みになっていて、お客さんたちは何かお怒りになっていました。伯爵は今朝発つと言っていたほどのお怒りようで……」

「え？　出ていったのか？」

「いえ、今朝ちょっとした事件がありまして……。奥様は全員を二階のご自分のお部屋に集めていました。庭の奥からでも怒鳴り声が聞こえたほどで」

静かに過ごせる時はこれが最後かもしれない。ウラディーミルはいつもと変わらぬ冷静な顔をしてアンチョビをつまんだ。

「奥様は何か特別なことは言っていなかったか？」

「警察がどうのとかおっしゃっていましたが……」

デジレは細長く切ったトーストをウニに浸し、白ワインをたっぷり一口含んで一緒に飲み込んだ。その同じ時、ブリニは船で蓄電池を二人で手押し車に載せようと、ウラディーミルの戻りを待っていた。今朝カンヌを出発したと思われる八メートルクラスの美しい帆船が、帆を垂らして凪の中で静止していた。

「一緒に来ますか？」デジレが訊いた。

ひんやりしたカフェの中では、グラスを洗い終えたリリが二人を見ていた。特にウラディーミルの顔に昨夜の酔いのしるしを探ったが、その跡はほとんど見つからなかった。

「誰かが私を捜しにきたら、すぐに戻ると言ってくれ」ポリトがリリに大声で言うと、市場に向かった。

「俺も行くよ！」ウラディーミルが立ち上がり、青いリムジンに向かいながらため息を吐いた。

「さあ、行こう！」

最後にもう一度《エレクトラ号》を振り返ると、ブリニの青い縞模様のセーターが目に入った。

ウラディーミルは助手席に座った。デジレは運転席で煙草を吸いながら、路肩すれすれに車を走らせた。車はバスに接触しそうになったが、デジレは動じなかった。

「ピエールとアンナはこっぴどくしかられたことでしょうね」

「ああ」

ウラディーミルはろくに聞いてもいなかった。生返事をしながら煙草を消す。エレーヌの声を思い出していると、突然、その声が——もちろん、母親ほどはしゃがれてはいないものの——ジャンヌの声にそっくりなのに気がついた。

「今度は、しばらくいい天気が続くと思いますか？」

ウラディーミルは驚いてデジレを見た。また何も聞いていなかったのだ。なんと言ったのだろう、とウラディーミルは焦った。

だが、デジレはそれしきのことで気を悪くした様子はなく、ただこう言った。

「昨夜もまた酔ってらしたんですかい？」

ミモザ館では、年老いた庭師が並木道を熊手で掃除し、突風で低い木々から引き抜かれた小枝をまとめていた。庭園にはピンクや黄色の花が咲き乱れ、いたるところ光と影のモザイクが広がっていた。

車から降りるやいなや、人影がウラディーミルの腕に飛び込み、泣きながらすがりついてきた。

「とんでもないことが起こったんです……。早く来てください！　本当に、ひどいんです……」エドナが鼻をすすりながら言った。「ジャンヌさんを落ち着かせてください。早く、あなたじゃなきゃだめなんです」

こう言うと、エドナはウラディーミルを燦々と陽の差す外階段に引っぱっていった。

3

その夜、朝方の事件のことをこと細かに話せる人はいなかっただろうし、そうしたいと思う人もいなかっただろう。騒ぎの間のその場の人々の言葉やふるまい、態度は、犯罪よりもはなはだしく人を恥じ入らせるものだった。

それが、その日、応接間を覆っていた雰囲気だった。だが、着くなり激怒したエドナに外階段へと連れていかれたウラディーミルの目に入ったものは、ただ、外の景色だった。そこから受けた圧倒的な印象は、春の日差しの明るさだ。空気はこの上なく気持ちよく、まるで天から地上にラッパが鳴り響き、突然にして、花や芝生や海までが新しく生まれ変わったように思えた。今日は一日こうなのだろうと思えるほどのかぐわしさだ。

それは復活祭の香りだ。まもなく、通りには初聖体拝領の儀式に向かう善男善女が見えるだろう。

「聞いて、ウラディーミルさん！　ジャンヌさんったら、とんでもなくひどいことをおっしゃるの」

愛する人の死を知った時などに、女性は時おりしばしの間、世間体や自分を魅力的に見せる努力などはすっかり忘れ、泣いたり顔をゆがめたりする。そうして、鼻をかんで心を落ち着け、その悲しみにもう少し美しい形を与えようという気力が生まれて鏡を探すまでの間、その醜態は続くのだ。

今のエドナはまさにそうだった。美しく見せようとか、家の誰かに見られたら、ということにまったく無頓着だった。

「あの人ったら、わたしのことを娼婦呼ばわりしたのよ……」エドナはハンカチをひねりながら息を切らして言った。

テラスに面した応接間の窓が開き、ラモット伯爵とジョジョが姿を現した。

「入ってくれ、ウラディーミル！」伯爵は言った。

部屋の中に入ると花の香りがした。ほかの人々よりずっと早く起きた庭師が、その日の事件を知らず、アルム・イタリクムを花瓶に生けていたのだ。

「エドナ、私に話させてくれ」

伯爵が威厳を保とうとしながら決然とした態度で言った。だが、あいにく事件で落ち着かなかったせいだろう、普段は整った美しい口ひげが、片方垂れておかしな形になっている。

「私が犯人ではないと言う証人は二人いるんだ。だから、私が犯人捜しの役を果たしていいかと思う」

「ジャンヌさんたら、あることないこと言ってわたしたちを責めるんです。食べ物のことで文句を言ったり……。それにね、ウラディーミルさん、あの人、わたしがあなたと寝たなんて言うのよ！婚約者の前ではっきり言ってください！　そんなこと、ありました？　なかったでしょう！」

エドナは芝居がかった口調で言った。そんなことがあるわけない、と。だが、実際にはあった。たしかに、その言葉どおりのことが起こったわけではない。だが、同じようなことはあった。ある晩、みんなが酔っぱらっていた時、薄暗がりの部屋の中で二人はソファに寝転んで……。

「もちろんだ！」

「きみたちのことは疑っていないよ、ウラディーミル」伯爵がいらいらした様子で言った。「だけど、どうにかことを収めなければならないのはわかるだろう？　ジャンヌさんが部屋に閉じこもって出てこないんだ……」

そう言って、伯爵はジャンヌが私室としている客間に通じるドアを指さした。

「ジャンヌさんはいつものように、ドアの向こうで耳をそばだてているにちがいない。だが、私はどうしても、彼女に目の前でしっかり聞いてもらいたいんだ」

ジョジョは何も言わず、ただひどく興奮してハンカチをいじっていた。パジャマの上にコートを羽織っただけの姿で、時おりコートの端を胸元に引き寄せている。

「いったい何が起こったんだ？　起こったことを正確に話してくれないか」ウラディーミルは言った。

「それが、ほとんどわからないんです……。ジャンヌさんがまるでヒステリーでも起こしたみたいに、わめきながら突然私たちの部屋に入ってきて、五十万フランのダイアモンドが盗まれたって言うんです。そうして部屋のトイレを見たり、引き出しを開けてかきまわしたり……」

「警察に電話すべきだ」伯爵が言った。

「わたしもそう思います」

「ちゃんと調べないと……」

その時、客間のドアが細目に開かれた。ドアの隙間からジャンヌがこちらをのぞき込みながらつぶやくのが聞こえる。

「ウラディーミルが来たの?」

ウラディーミルの姿が目に入ると、ジャンヌは中に入った。

「ダイアモンドが盗まれたのよ」ウラディーミルに向ってロシア語で言う。「だから、全員に屋敷から出ないように命じたの。正しい対応でしょう? なのに、みんな、大声で騒ぎはじめて……」

こう言いながら、エドナをじっと見る。

「あなたの引き出しから何が見つかったと思う?」

「わたしは何も盗んだりなんかしていないわ……」エドナが小さな声で言う。

「なんですって? この泥棒! いずれにせよ、あなたの持ち物からわたしの金のライターが出てきたんですからね。あとで返すつもりだったとでも言うの? 先週、オパールの指輪をあげたのに、そのわたしにこんな仕打ちをするなんて」

エドナは手に目を落とすと、指輪を引き抜いて床に投げつけた。

「ほら、返します! もう、ほしくないわ、こんなもの!」

「けっこうよ! あげたんだから、持っていなさい」

ジャンヌは指輪を拾うとエドナの前のテーブルに置いた。

「聞いた? いずれにせよ、わたしもいらないわ! いいこと教えてあげましょうか。あなたにこれをあげたのは、オパールは不幸をもたらすからよ」

「ウラディーミルも警察を呼ぶべきだと思うそうです」伯爵が遮るように言った。

「ウラディーミル、それ本当？」

「いや、俺は何も言ってない……」

「ほら、わたしのお客さんがどういう人たちかこれでわかったでしょう？　今朝はとてもいい気分で目覚めて、今日は船で日光浴をしようと思っていたのに……。宝石箱を開けたら……」

「でも、わたしたちを疑う必要なんてないでしょう……」ジョジョが息を吐くようにして言った。

「お黙りなさい！　誰がしゃべっていいって言ったの？　あなたを追い出したいと思ったら、汽車賃を払う羽目になるのは、このわたしなのよ」

誰もがいつもとちがう居心地の悪そうな顔をして、誰とも目を合わせようとしなかった。エドナがまるで無意識のうちにやっているかのように装いながらオパールの指輪をテーブルから取ったのにウラディーミルは気がついた。だが、まだ指にはめる勇気は出ないようだった。

「わたしはデジレの部屋もほかの使用人の部屋も捜したのよ。なのに、お客さんたちの部屋を捜す権利はないって言うの？」

「この家に出入りしている人はほかにもいます」ジョジョが窓の外を眺めながら遠回しに言った。

「わたしの寝室にっていう意味？」

「ジョジョの言うとおりだ」ウラディーミルが言った。「だから、船に行って、船室も見た方がいい」

誰もが何かの役を演じていた。ジャンヌがわざと大袈裟に無作法な態度をとっていたように、誰もが憤りや確信を誇張して演じていた。

「わたしが食事を与え、面倒を見ている人たちが！」

「もうこれ以上、私たちの面倒を見ていただく必要はありません」伯爵が横柄な口調で言った。

「こざかしいことを言うのはやめなさい！　昨日だって、わたしが酔っているのをいいことに、言葉巧みに丸め込んで映画に投資させようとしたじゃないの。ところで、ウラディーミル」

ウラディーミルの方を向くと、ジャンヌは声を変えた。

「本当に、船も捜した方がいいと思う？」

「ああ、そうすれば俺たちの潔白が証明できる」

「あなたは車で来たの？」

返事の代わりにウラディーミルは車庫の方を指さした。車庫の前にできた影の中に、ぴかぴかに磨かれた車が停まっていた。


ぎゅうぎゅう詰めになって全員が車に乗り込んだ。ジャンヌは客たちと体がくっつかないように助手席に座った。カンヌの街の通りには初聖体拝領者たちの姿はなく、白いズボンの男たちや薄手のドレスの女たちがいて、花売りの少女たちが街角をあちこち駆けまわっていた。大型遊覧バスはどれも満員だった。あらゆる場所からやって来た人々が海岸沿いを散策し、海には小さなヨットが百艘ほども浮かんでいた。

「ねえ、あなたはエドナのことをどう思う？」ジャンヌが運転中のデジレに訊いた。

「さあ、私には……」

「わたしに言わせれば、あれは病気よ。ラモット伯爵と二年前から婚約しているのに、二人は一度も寝てないんだから。あの女にはきっとどこか悪いところがあるのよ。体にね。何か、ほかの娘とはちがうところが……。ウラディーミルに訊いてみなくちゃいけないわ。わたし、あの人が彼女と寝ようとしたことがあるのを知っているんだから」

車が右に曲がり、海沿いの通りに出ると、小さな港に停泊している《エレクトラ号》が見えた。車の後部座席で、ウラディーミルはエドナたちが憤慨したり凄んでみせたりして発する言葉にじっと耐えていた。ウラディーミルはオパールの指輪が再びエドナの指にはめられているのに気がついた。ジョジョを見ると、急いでドレスを着たせいか、ホックがきちんと留められていなかった。ヨットの百メートルほど手前に来ると、二人はまるで示し合わせたかのように、ハンドバッグからおしろいを出して顔にはたきはじめた。

一方、ウラディーミルは前方をじっと見ていた。一瞬でいいからポリトの店に入り、強い酒を大きなグラスで一杯、一気に飲み干したいと思った。だが、そんなことは口に出さず、リリが花瓶をテラスのテーブルに置くのをただ見ていた。リリの様子はいつもと変わらなかった。何も疑うことなく、《エレクトラ号》の人々が海に遊びにきたと思っているのだろう。

一行が車から降りた時にはエレーヌの姿は見えなかった。だが、甲板まで行くと、ようやくデッキチェアに座って本を読んでいる姿が見えた。母親と客たちがやって来るのを見たエレーヌの目に、恐れのようなものが入り混じったいら立ちが浮かんだ。

「何があったと思う?」娘の額に固く冷たいキスをしたあとジャンヌが言った。「わたしのダイアモンドが盗まれたのよ！　五十万フランの、あの、大きなダイアモンドが！」

そうして身をかがめ、足元にあった自在スパナを蹴とばすと、ブリニの姿を目で捜しながら文句を言った。

「これはいったいなんなのよ？」

この数週間、ジャンヌはヴィラでも船でも、そこでの仕事や無秩序に関心を持ったことはなかった。だが、突然にして、あらゆることが目に入り、どんなに些細なことにも文句を言う人間になっていた。

「ブリニが使ったんだと思う。蓄電池を取り外すのに必要だから」ウラディーミルが言った。

「蓄電池を取り外す？」

「ああ、充電するのに自動車修理工場に持っていったんだ」

「じゃあ、小さなガソリンエンジンは使ってないってこと？」

「クランクシャフトが壊れているんだ」

ここでまた、ジャンヌは容赦ない厳しい女主人になった。この問題はあとで解決する必要があると言わんばかりの顔で、自在スパナに最後の一瞥をくれる。そこに今までずっとディンギーで船体を削っていたブリニが、甲板の両舷側に設けた柵の上にぬっと顔を出した。何も知らないブリニは、陽光を浴び、歯を見せてにっこりと笑っていた。

「上がってきなさい！」ジャンヌが言った。

桟橋を散策する人々がヨットの前で足を止め、ぼうっとヨットを見ていた。入り江の上空では飛行機が円を描いて飛んでいる。

「それで？　ウラディーミル」

これからどうするかをウラディーミルに任せるようにジャンヌが言った。エレーヌはすでに本を持ってデッキチェアを離れ、サロンに姿を消している。エドナはハイヒールでコツコツと音を立てていら立ちを募らせ、伯爵は煙草に火を点けるとマッチを甲板に投げ捨てた。ブリニがそれを素早く拾う。

「ダイアモンドの指輪が盗まれたんだ」ウラディーミルは説明した。「俺たちの荷物の中も捜すよう、俺が提案したんだ」

ブリニにはにっこり笑うべきなのか、憤るべきなのかわからなかった。ジャンヌのお供の一行が船の前部に進む。ハッチは開いていた。

「先に行っててちょうだい」ジャンヌがウラディーミルに言った。

乗組員室は狭く、一度に二人しか入れなかった。ジャンヌは関節炎のせいで中に入るのに苦労した。梯子を下りるとスカートがめくれ、太い足があらわになった。

ウラディーミルは自分のバッグを開き、中から衣類やこまごましたものを取り出すと、ベッドの上に並べていった。大したものは何もなかった。着替え用の青いウールの水兵服が一式、白い帽子ひとつとセーターが数枚、ワイシャツ二枚にネクタイ一本。それだけだ。

「もういいわ……。わかったから……」ジャンヌがいらいらしながらつぶやいた。

二人の頭上では、エドナたちが身をかがめてのぞき込んでいる。

「ブリニ！」ウラディーミルは大声で呼んだ。

そして、ブリニが中に入れるようにウラディーミルは甲板に出た。

「持ち物を出すんだ」

ウラディーミルはその様子を見ないように海岸の方を向き、ポリトの店のあたりを見ていた。助役がテラスに座り、郵便配達人から受け取った手紙を読んでいた。

それは一分続いた。いや、二分だろうか？　それから怒り狂った声がして、ほとんど動物のような影がハッチから飛び出してきた。ブリニだ。顔を引きつらせ、両手はこぶしを握り締めている。

「誰が、誰がこんなことをしたんだ？」ブリニは吠えるように言った。

ブリニはそこにいるひとりひとりの顔に目を走らせた。だがその目が捜していたのは、彼らの後ろにいるウラディーミルだった。

「ウラディーミル、いったい、誰がこんなことをしたんだ？」

そう怒鳴ると、荒々しいしぐさで一気にセーターを引き裂いた。裸の胸があらわになった。ブリニは泣きはじめた。歯をがちがちいわせ、叫びつづける。事情を知らない人が見たら、頭がおかしくなったと思っただろう。そこに指輪を手にしたジャンヌが姿を見せた。

「大騒ぎするのはやめて」ジャンヌはうんざりした様子で小さな声で言った。「ウラディーミル、騒ぐのをやめさせてちょうだい」

桟橋にはあいかわらず人がいて、明るい日差しの中を歩いていた。パナマ帽をかぶった男性がひとり、釣りをしている。

「ぼくは盗んでなんかいない！　本当だ！」追い詰められた獣のように、周囲のあちこちに目を走らせながらブリニがあえぎながら言う。

「わかったわ。だから、静かにしてちょうだい」ジャンヌが言った。

だが、ブリニは、ジャンヌのそんな憐れみなどはほしくなかった。

「ウラディーミル！　おしえてくれよ！　いったい、誰がこんなことをしたんだ」

その眼差しには疑いの影があったが、ブリニはそれを言葉にしようとはしなかった。エドナはその隙をついてジャンヌに言った。

「ほらね！　これでもまだわたしが娼婦だって言うんですか？」

「お黙りなさい、この馬鹿！」

「でも、確かにそう言いましたよね」

その時、甲板にエレーヌが上がってきたのでエドナは口をつぐんだ。エレーヌが落ち着いた様子で言った。

「どうしたの？」

「なんでもないわ。あなたには関係ないの。ダイアモンドの指輪が見つかったのよ、ブリニの荷物の中から……」

だが、最悪のことはこれからだった。ブリニが突然、ウラディーミルに襲いかかるように突進してきたのだ。ウラディーミルのセーターを両手でぎゅっとつかむと同時に、ブリニは叫んだ。

「誰なんだ！　言ってくれよ！　いったい、誰が、こんなことをしたんだ？」

ウラディーミルは落ち着いていた。ひどく、恐ろしいほどに落ち着き払っていた。ウラディーミルはブリニより強かった。ブリニの握った両手をつかむと、その手をゆっくりと自分の体から引き離していった。

「落ち着いてくれ」ウラディーミルはささやいた。「さあ、落ち着くんだ」

そして、優しく、ブリニを動けないようにすると、ぐいっと向こうに押しやった。

「いい加減にしてよ、ブリニ！」ジャンヌが埠頭にいる人々を気にしてちらちら見ながら言った。

だが、その言葉にブリニはかえって興奮を募らせた。激情に駆られ、甲板の上に突っ伏して、まるで甲板の板に食いつきでもするかのように叫びはじめた。

「誰がやったんだ！　いったい、誰が！」

エレーヌが小声で母親に尋ねた。

「本当にあの人が盗んだの？　確かなの？」

「ダイアモンドがあの人の小箱の中にあったのよ」

「あの人がママの寝室に入ることなんてできるの？」

そう訊かれて、ジャンヌはじっくり考えた。

「待って！　昨日、ブリニはヴィラには来なかったわ。土曜は……土曜日にはわたしたち、何をしていたかしら……。そうよ！　あの人をわたしの寝室に行かせて……」

ブリニは精魂尽き果てていた。甲板にだらりと全身を投げ出し、時おり身をわななかせて静かに泣いていた。

「ウラディーミル！」

ジャンヌはハンドバッグから皺だらけの千フラン札を一枚取り出すと、ウラディーミルに渡した。

「これを渡して、あの人に出ていってもらって」

ウラディーミルには、どうしてもそんな話をすることはできなかった。

「あなたが言った方がいいだろう。雇い主なんだから……」

「いやよ！」そんな役をするのはジャンヌだって嫌だった。あたりを見まわすと、娘に気がついた。

「ほら！　このお金をあの人に渡すのよ。そうして出ていってもらいなさい」

そう言うと、ジャンヌは走るようにしてタラップに向かっていった。ウラディーミルが追い、エドナたちもそれに続く。ブリニは半身を起こし、彼らが去っていくのを歯を食いしばりながら見ていた。

「ウラディーミル！……」ブリニは呼んだ。

だが、ウラディーミルは振り返らなかった。しばらくするとエレーヌがブリニに近づいて、小さな声で言った。

「静かにして！　騒ぎはもうたくさん！」


エドナたちがあとをついてきているかどうかまったく気にすることもなく、関節炎で痛む足を引きずりながら、ジャンヌは早足で歩いた。デジレがドアを開けて車の横で待っていたが、その前を通り過ぎ、ポリトの店に駆け込んだ。喉がからからだった。それに、気持ちを落ち着ける必要があった。

「ねえ、何か飲むものをちょうだい、早く！」リリに向かって言う。

「何をお出ししましょう？」

「お酒を……。お酒ならなんでもいいわ」

ウラディーミルはジャンヌのあとから店に入ったが、エドナたちはテラスで待っていた。リリはウラディーミルに向けて口の端に笑みを浮かべながら、ジャンヌに酒を出した。ちょうどその時、また雲行きが怪しくなった。ジャンヌが手元を見て、何かを捜す様子を見せたのだ。

「あれはどこに行ったの？」すでに人を疑っているような顔つきでジャンヌが叫んだ。

「あれって？」

「バッグよ」

ジャンヌは外に出ると、友人たちが座っているテラスのテーブルの上を見た。

「誰か、わたしのハンドバッグを見なかった？」

遠くに目をやり、デジレが持っていることに気づいたのはエドナだった。先ほど車の前を通った時にジャンヌが渡していたのだ。

「心配になったのよ」顔を赤らめながら、ジャンヌがぼそぼそと弁解した。

そして飲みながら今度は大きな声で言った。

「ねえ、ウラディーミル、どう思う？」

ウラディーミルは答えなかった。

「ブリニが鹹になって悲しい？　でも、もうあの人は置いてはおけないわ！　もしあなたがわたしの立場だったら、あなたはどうしてる？」

ウラディーミルは顔をそむけた。目に涙が浮かんできた。感情を隠そうと、歯を食いしばる。

「警察に届けないだけでも、あの人は十分恵まれてるわ」

「リリ、酒をくれ！」

ウラディーミルはひとりで酔ういつもの土曜日のように、次々とグラスを重ねた。後ろを向くと、白いヨットの甲板の上に二つの人影が見えた。エレーヌが立ち、ブリニが甲板室に腰かけていた。エレーヌはブリニに何か話していた。彼女がブリニに何を言えたのだろうか？

「飲みすぎよ」ジャンヌが言った。「さあ、行くわよ」

それからリリの方を向くと、こう言った。

「わたしの勘定につけておいてちょうだい」

ジャンヌはあちこちの店に顔がきく。


エドナとラモット伯爵は、まず、もうこれ以上一時間たりともヴィラにはいたくないし、特にジャンヌと同じテーブルで食事をするなどということは考えるだけで腹が立つ、と言ってのけた。だが、それにもかかわらず、一時間経っても出発の支度はできず、階下に下りてきて食卓についた。

「まだ発つつもりなの？」

「もちろん！」

「そりゃあ残念だこと。馬鹿な人たちね！」

おそらく、エドナたち自身もそう思っていた。すべては終わったのだから、二人は本心ではここに残りたいと思っていた。だが、あんなことを言ってしまったあとでは、もうあとの祭りだ。おそらくは、二人が残れるようジャンヌが手助けしてやればよかったのだろうが、ジャンヌはそんなことはしてやらなかった。別のことを考えていた。

「今度のことで、子どもの頃に読んだ話を思い出したわ」ジャンヌはまるで自分自身に言うかのように話しはじめた。「それは、とても身分の高いアラブの若者の話よ。アリという名のその若者を、両親はヨーロッパ人と同じ学校に通わせたの。ある日のこと、友だちがしていた腕時計を見たアリは、時計が生きて呼吸をしていると思い込んだのよ。そしてその時計をどうしても盗まずにはいられなかったの」

ジャンヌが何を言いたいのか理解できないまま、ウラディーミルは食事を続けた。

「ブリニもきっとそうだったのよ。ダイアモンドも、生きているようなものだから……」

そう言うとジャンヌは話を変え、今までの諍いを忘れたようにエドナに尋ねた。

「復活祭の祝日はどこで過ごすの？」

「まだ決めていません」

「いろいろなところから招待を受けていますが」そう付け加える必要を感じたのか、伯爵が言った。

食事が終わると二人はすぐに出発した。デジレが駅まで送っていった。ジョジョは肘掛椅子に座り、沈んだ様子でコーヒーを飲んでいた。

ジョジョはもう自分が出ていく話はしようとしなかった。自分がいつ出発するかジャンヌたちが考えないように、できるだけ目立たないようにしていた。

ジョジョは醜いわけではなかったが、美しいとも言えなかった。三十歳前後の平凡で小柄な女性だった。別れた夫から月五千フランの手当をもらっていたが、これまでなじんだ生活を続けるにはそれでは足りなかった。そこで、一年のうち二か月はここにいて、二か月はドーヴィルやニースの友人のところに滞在し、秋にはどこかの城に行くという生活を送っていた。

「ねえ、ウラディーミル。わたしのこと、恨んでる?」突然、ジャンヌがこう訊いた。

ウラディーミルは身を震わせながら、どうしてか、と尋ねた。

「あなたの友だちのことで……。もしあなたがどうしてもと言うなら、あの人をここに置いてあげてもいいのよ」

ウラディーミルは狂ったような瞳でジャンヌを見ると、突然、外へ出た。そして庭の奥へ行き、低い木々の向こうへ姿を消した。

「一時間ほど昼寝をしない?」ジャンヌがジョジョに言った。

「眠れそうにないので……。その間、わたしは手紙を書いています」

ジョジョは毎日、すべての友人におびただしい数の手紙を書いていた。午後の間ずっとライティングテーブルに向かい、大きな便箋にとがった書体で何枚も手紙を書いて過ごすこともできた。

「好きにすればいいわ!」

こう言って、ジャンヌは昼寝をしにいった。ベッドに入ると、ダイアモンドをナイトテーブルの上のミネラルウォーターのボトルの隣に置いた。

目が覚めると、もう日が暮れていた。ベルを鳴らしてメイドを呼ぶ。アルザス出身の、何事にも動じない落ち着いた女性だ。

「今、何時？」

「七時です」

「ウラディーミルを見なかった？」

「少し前から厨房にいらっしゃいます。芝生の上でお休みになっていらっしゃいましたので……」

「酔ってるの？」

「いいえ、飲みはじめたところのようです」

「ガウンを取ってちょうだい」

もう着替えをするのも面倒だったので、櫛で髪をさっととかすだけにした。髪の根元はほとんど白くなっていて、とかしていると頭皮が見えた。

「明日、指輪を銀行に預けに行くわ。明日になったら忘れないようわたしに言ってちょうだい」

ジャンヌは頭がすっきりしないまま階段を下りた。一階の部屋はどこも暗かったので、しかたなく自分でランプを灯した。応接間に入ると、立っていたジョジョにぶつかった。

「こんなところで何してるの？」

二人ともぎょっとして、警戒しながら互いに相手の様子をうかがった。

「手紙をデジレに渡しにいくところです。投函してもらうように……」

「ここには誰も来なかった？」

そう訊くと、ジャンヌは配膳室を通り抜けて厨房に向かった。厨房はどこもかしこも白く明かりに煌々と照らされており、ジャンヌはまぶしさに目をしばたいた。ウラディーミルが手元にグラスを置いて、テーブルの前に座っているのが見えた。

「こんばんは、みんな！」

料理人はタルトを作っていた。執事はベストの上にエプロンを着け、銀食器を磨いている。

「ウラディーミル、来てくれる？」

ウラディーミルはすでに酔ってまぶたを腫らし、瞳は潤んでいた。そんな彼を促して応接間に向かいながら、ジャンヌは母親のように優しく尋ねた。

「気分転換にどこかに出かけない？」

「嫌だ」

「じゃあ、どうしたいの？」

「何も」

ウラディーミルは怖かった。外に出ればブリニに会うかもしれない。駅のホームにたたずんで、行き先かまわず汽車に飛び乗ってここを出ようとしているブリニの姿が目に浮かんだ。

「じゃあ、カクテルを作ってあげましょうか？」

応接間にはカクテルキャビネットがあった。隣の小部屋のドアが開いていて、ジョジョがおどおどしながらそこにいる姿が見えた。その部屋のじゅうたんは擦り切れ、壁紙は色あせ、個性のない家具が置かれていた。

「こんなに悲しそうなあなた、見たことないわ」

「いいから酒をくれ」

ウラディーミルはしゃがれた声でそう言うと、酒を飲んだ。ジャンヌも一緒に飲んだ。ジョジョを呼んで蓄音機をかけさせた。だが、ロシアの音楽が聞こえてくると、ウラディーミルが突然立ち上がり、蓄音機に駆け寄って音楽を止めた。あまりにも乱暴に止めたので、蓄音機の調子がおかしくなってしまったようだ。もう一度レコードをかけると、内部からおかしな音がした。

「まだブリニのことを考えてるの？　わたしが考えているのはエドナと伯爵のことよ。ふん！　今頃汽車の中でけんかをしているにちがいないわ。こざかしいまねをするとどういうことになるか、思い知るがいい！　まったく下劣な人たちなんだから！」

「下劣な人……」ウラディーミルはその言葉を繰り返した。

ウラディーミルはひどく酔っていたが、どれほど度を越して飲んでいるかを見極めるのはいつも難しかった。というのも、ひどく酔っていてもウラディーミルは自分を抑えることができていたからだ。

だが今は、家の中のすべてが空虚で陰鬱に見えた。

「今夜、何だったら食べられそう？」

「何もいらない」

「ウラディーミル、あのね」

「くそ、何もいらないって言ってるだろう！　ほっといてくれよ」

「いったい、何があったって言うの？　こんなあなたを見るのは初めてよ……」

「何があったかだって？　何が？……」

すると突然、ウラディーミルはジンのボトルを床に投げつけた。ボトルは音を立てて砕け散った。

「ブリニはダイアモンドを盗んでなんかいないんだ！」ウラディーミルはうなるように言い、顔を強ばらせた。

「何を言ってるの？」

「俺が言いたいのは……。俺は……」

ジンがなくなったので、ウラディーミルはしかたなくヴェルモットのボトルを手に取り、じかに口をつけて飲んだ。

「俺は下劣な男だってことだ。俺は、ブリニがいなくなればいいと思って……。指輪をブリニの荷物の中に入れたのは俺なんだ」

「まあ！」それまで黙っていたジョジョが声を上げた。

「本当なの？」ジャンヌが立ち上がりながら言う。

「俺はあいつに嫉妬してたんだ……」

「わたしのことで？」

「いや、何もかもにだ……。言ったって、誰にもわかりゃしない……。今頃、あいつは駅にいるはずだ……」

なぜかわからないが、ブリニが身の回り品をまとめた小さなバッグを隣に置いて、駅のベンチで今も汽車を待っている姿が再び目に浮かんだ。

「じゃあ、どうすればいいの？」

「そんなの、わかるわけないだろう？」

「じゃあ、聞いて、ウラディーミル。わたしがデジレにお金を持たせてブリニに渡しにいかせたら？」

ウラディーミルは肩をすくめた。

「じゃあ、デジレに、ブリニに戻ってくるように言わせればいいの？」

悲痛な顔でジャンヌを見ると、ウラディーミルは再び肩をすくめた。

「なんとか言いなさいよ！　そんなあなた、見たくないわ。怖くなるじゃない！」

「あの、わたしがブリニを捜しにいきましょうか？」ジョジョが言った。

「ええ！　そうよ、お願い！　お金を渡すわ。ブリニに言ってちょうだい。ええと……」

「お金を渡します。絶対に断らないと思いますよ」ジョジョが請け合った。

二分後、ジョジョは一万フランをハンドバッグに入れて車に乗り込んだ。ジャンヌはソファに座ったウラディーミルの隣に腰を下ろすと、こう言った。

「さあ、本当のことを言ってちょうだい。嫉妬って、何に？」

「特に何も」

「わたしのことじゃないんでしょう。正直に言いなさいよ」

「ほっといてくれ」

「あなたのことはなんだってお見通しなんですからね。あなた、わたしの娘に言い寄ってたでしょう？　さあ、正直に言って」

「ちがう！」

「卑劣な人ね！」

ジャンヌはそう言ったが、その声には怒りよりも優しさがこもっていた。

「そうだとしても、あなたを恨んだりはしないわ。わたしだって、そういうことがあるかもしれないもの。ねえ、今朝のエドナを見た？」

ジャンヌはいら立ちを含んだ笑い声を上げた。

「エドナったら、わたしのライターを盗んだのよ。ずっと前からほしがっていたのは知ってたわ。それから、ジョジョのところからも別のものが出てきたのよ。わたしは何も言わなかったけど……」

「何を見つけたんだ？」

「あなたには関係ないものよ。いずれにせよ、あの女には何も言うつもりはないけどね。あの女は性悪よ……。さっきのお金も、半分の五千フランを自分の懐に入れて、全部ブリニに渡したって言いかねないわよ。ところで、わたし、ブリニはあなたの友だちだと思っていたわ……」

ジャンヌはそこで口をつぐんだ。カクテルを一口すする。

「だけど、あなたはわたしとまったく同じだわ。ねえ、わたしに友だちがいると思う？」

ジャンヌの目には涙が浮かんでいた。酒に弱いわけではないが、いつも最初の一杯を飲みはじめた時から愚痴っぽくなるのだ。

「きっとあなたが正しかったのよ。ブリニはわたしの娘ととても気が合うようだったもの……」

こう言ったあと、ジャンヌは黙り込んで何か考えているようだった。おそらく、甲板での二人の姿を思い出していたのだろう。

「いずれにしても、ずいぶんひどいことをしたものね……。あなた、そんなに不幸だったの？　ねえ……」

ジャンヌは鼻をかんだ。またしばらく沈黙が続く。外で車の音が聞こえた。ウラディーミルはさっと立ち上がり、急いでドアに向かった。ジョジョがなかなか姿を現さないので、ウラディーミルはいら立った。

「それで？」

「行ってしまいました……」

「どこへ？」

「わかりません。エレーヌさんも知らないそうです……。午後の汽車で発ったそうで……」

「どの汽車に乗ったんだ？」

「それもわからないそうです。あの、先ほどのお金です。お返しします」

「そこに置いて。で、娘は何をしているの？」

「特に何も。先ほどは船から降りて食事に行かれるところでした」

ウラディーミルが激しい口調で訊いた。

「さっきのことを、エレーヌさんにしゃべったのか？」

「まさか！　そんなことしません！」今にも怒り出しそうなその様子に、ジョジョが言った。

ウラディーミルはジョジョに近づいて、嘘をついていないか確かめようとその顔をじっと見据えた。

「とにかく、夕食にしましょう」ジャンヌがあくびをしながら言った。「厨房でタルトを焼いていたと思うわ」

4

復活祭の日。朝六時から、明るい日差しの中、釣竿を背負った釣り人たちをトゥーロンやマルセイユからバスが運んできた。彼らはポリトの店のテラスで軽食をとり、今からアンティーブ岬に姿をのぞかせる岩に陣取りに行くのだ。一緒に来た妻や麦藁帽子をかぶった子どもたちは海辺に向かう。教会の鐘が鳴った。小舟やボート、小型平底船、主《あるじ》もなくほぼ一年中港に係留されていたほんの数メートルのおもちゃのような帆船、これらがみな海に出ていた。人々は爆音を立ててエンジンをかけ、風のない空に帆を揚げた。空と海は太陽の光を受け、一体となってきらきらと輝いている。そこを二機の飛行機が、なぜか海面すれすれにぶんぶんと音を立てて飛んだかと思うと、さらに入り江の上を旋回し、際限なく飛びまわっていた。

ウラディーミルは、いつもの朝のように、ポリトの店のお決まりの場所に陣取ってアンチョビとオリーブをつまみにロゼワインを飲んでいた。そばではポリトが忙しく立ち働き、リリがウラディーミルの様子をうかがっていた。リリはいつものように黒いワンピースに白いエプロンを身に着けている。ウラディーミルは今朝、この春初めてリリがストッキングをはいていないことに目が行った。そしてその脚の肌がきめ細かく、とてもなめらかでつやがあることにも気がついた。

だがそれだけだった。ウラディーミルはすでによそを向いていた。リリは十七、八の年頃の娘で、風変わりな顔と色っぽい体つきのせいで、客たち全員からちょっかいを出されていた。リリはウラディーミルの方を向いてため息を吐いた。リリには、ウラディーミルだけが、自分が女であることに気づいていないように見えた。

マルセイユから来た家族客が店に入ってきて、ウラディーミルの隣のテーブルに着いた。ウラディーミルはまるで奇妙なものでも見るようにそちらをじっと見た。ピンクのシルクの服を着た、桁外れに体の大きい妻。なぜだかトタン職人のように思えるその夫。そしておそらく妻の弟と子どもたち。ウラディーミルはこれ以上ここにいるのは我慢できないとでもいうように、無言で席を立ち、店を出ると物憂げな足取りで船に向かった。

教会の鐘はまだ鳴っていた。ドームのような青い空の下、二機の飛行機が振動音を立てていた。船に来たウラディーミルの目に、エレーヌがサロンのテーブル備えつけのコンロでコーヒーを淹れている姿が映った。起きたばかりだというのに、すでにきちんとした服装をしている。船で暮らしているにもかかわらず、ガウンや寝間着姿でいるエレーヌは今まで一度も見たことがなかった。

ウラディーミルは甲板を二、三周したが、エレーヌが目を上げてこちらを見ることはなかった。船の前部は陽が当たって暑かった。パンヤの詰め物をした長いクッションが置かれている。

そこまで来ると、ウラディーミルは、居心地のよい場所を求めてうろつく犬のように引き返し、チーク材の板の上に寝そべった。膝を折り曲げ、腕枕をして目を閉じる。

そうしてしばらくじっとしていた。動いたのは、日差しを遮るために水兵帽を顔に載せた時だけだった。

ウラディーミルは眠ってはいなかった。だが、何かを考えていたわけでもなかった。ただぼんやりと、身の回りで起こっていることに注意を向けていた。ボートに乗って日曜の釣りを楽しむ人々の声や、パリやリヨンのような遠方から来て、ポリトの店の前で停車している車の音などに耳を傾けていた。

何も変わっていない！　まさにそのことが、ウラディーミルの不安をかき立てていた。事件の起こったあの日から、重苦しく病的な不安にさいなまれていた。あれからはどこにいても気分が悪く、こんな風に甲板に寝転がってばかりいた。太陽の光に包まれ、まどろみながら夢の世界に少しずつひたっていき、頭に浮かぶ嫌な思いを和らげようとしていた。

あんなことがあっても動じる者は誰もいなかった。誰にもわからなかったのだろうか？　ウラディーミルは苦々しくそう考えながら、あの晩、船に戻ったこと、そして性的衝動と言えるようなものに襲われたことを思い返した。エレーヌはこの船にいた。開いた舷窓の向こうの陰で眠っていた。自分のすぐ手の届くところにいた。彼女には自分がタラップを渡る音が聞こえたはずだ。この船に自分と二人きりだと知っていたはずだ……。

その夜、ウラディーミルは乗組員室で長い間眠れぬ時間を過ごしたあと、ようやく眠りについた。そして夜明け前に目を覚まし、エレーヌが起きてくるのを待った。

その朝、ウラディーミルはほぼロマンチックとも言えるような感傷的な気持ちになっていた。笑えるような話ではなかった。心は漠然とした様々な感情にゆさぶられていた。まるで十七歳の少年が心の中で育むようなうぶな思いが次々と湧いてきた。

船には自分とエレーヌしかいない！　つまり、二人きりで暮らしていると言っていい。今、自分はブリニに取って代わろうとしている。ブリニの代わりに、エレーヌに朝のコーヒーを淹れ、エレーヌとトランプをし、エレーヌがモーターボートに乗るのに手を貸す……。

ウラディーミルには、船の物音ならどんな小さな音でも聞こえた。エレーヌの一挙手一投足がすべて感じ取れた。彼女が目を覚まし、服を着るのも……。こうして、彼女が身支度を済ませた頃に、ウラディーミルは朝食の準備をしてサロンで待っていた。

「お嬢さん、おはようございます」エレーヌがやって来ると、ウラディーミルは言った。

だが、返事はなかった。エレーヌはこちらを見もせずに朝食を食べはじめた。そのままそこに立っていると、こう言った。

「そこで何をしているの？」

だが、ぼうっと突っ立っているほかに何ができただろう？　ウラディーミルは、エレーヌが指輪を盗んだのは本当にブリニなのか訊いてきたり、思いのたけを述べたり、あれこれ言ってくると思っていた。だが、結局、そんなことは何もなかった。彼女にはそんなことは必要ないかのようだった。

エレーヌの顔色はよくなかった。だが、それはいつものことだ。彼女の顔はいつも青白く、そしていつも落ち着いている。

「モーターボートの準備をしなくてもいいんですか？」

「ええ」

「何か用事はありませんか？」

「いいえ、何も」

そのあと行ったポリトの店でも、いつもと変わったことはなかった。いや、ひとつだけあったと言えよう。いつも商売第一のポリトが、ほかに客もいるというのに、朝食を食べるウラディーミルのそばに来て座り込んだのだ。

「ブリニはもう戻らないって、本当なのか？　もしそうだとしたら、ブリニの代わりが必要だろう？　妻の弟が五年ほど船で給仕頭をしていたんだよ。今はボルドーにいるんだが、こっちに来させることもできる。あいつの料理はとてもうまくて……」

「義弟《おとうと》さんのことはほっとけよ」助役が言った。「トニにうまい考えがあるらしいぞ」

すでにそんな話をしているのだ！　この店の常連たちはすでにうまい考えとやらを五つも六つも考え出して、ブリニの後釜の座を争っていた。トニを庇護のもとに置いていた助役は、トニを推していた。助役はグラスを片手にウラディーミルのテーブルに来て座った。

「あんたが船に乗っていない間は、船にもうひとり男がいる必要もないだろう。トニは夜しか漁に出ない。それにトニはいつも口なしと一緒だ。二人いればヨットの手入れもできるだろう」

「じゃあ、料理は？」ポリトが口をはさんだ。「トニが料理をするのか？」

結局、またその話だ！　そして、そのあとジャンヌが来ても、また同じ話をすることになる。ジャンヌは屋敷に唯一残ったジョジョを連れて、十一時頃、車でポリトの店にやって来た。二人は昼食の席を予約した。その後三人で船に行ったが、ウラディーミルとジョジョが甲板にいる間、ジャンヌはサロンでエレーヌと長い間話し込んでいた。甲板の二人に、母娘《おやこ》が小声で話すのが聞こえた。

しばらくして、ウラディーミルはジャンヌに呼ばれた。サロンに下りると、母娘がテーブルの両側に座っていた。

「ウラディーミルさん、あなたに聞いてほしいことがあるの」ジャンヌが言った。娘の前では、ジャンヌはたいてい〝ウラディーミルさん〟と呼んで、礼儀正しい話し方をする。

「娘に屋敷で暮らすよう頼んでいるんだけど、この娘《こ》ったら聞く耳を持たないの。では、船で料理してくれる人を雇おうと言うと、それも嫌だと言うのよ」

ジャンヌは機嫌がよかった。酒も飲んでいなかった。きっとよく眠れたのだろう。そのような時には明晰な女実業家らしく見える。

「それは残念ですね。奥様の言うとおりにした方がお嬢さんのためになるんですが……。それはさておき、《エレクトラ号》の手入れをする人間は必要です」

ジャンヌとウラディーミルはそれについて話し合った。そして結局、船の掃除と手入れのために漁師のトニを月千フランで雇い、ウラディーミルはヴィラやポリトの店で食事をとることに決まった。

ブリニのことは一切話に出なかった。ジャンヌはすでのブリニのことなど忘れていた。気晴らしに、ジャンヌはモンテカルロで開催中の宝石のオークションに行くことにした。そうして昼食を済ませると、ジョジョを伴って車で向かった。

今、エレーヌは後部甲板のデッキチェアに座って本を読んでいた。ウラディーミルの姿は屋根に隠れて彼女には見えなかった。普段ヨットを見慣れないのか、人々が桟橋に集まりはじめていた。ヨットをうらやましそうに眺めたり、馬鹿げた感想を述べたりしている。

エレーヌが今までどんな人生を送ってきたのか、ウラディーミルは知らなかった。聞いていたのは、せいぜい彼女がジャンヌの最初の結婚でできた子どもだということくらいだった。だが、それは本当にその後大臣になった男との結婚だったのだろうか。

おそらくちがうだろう！　おそらくその男との結婚前にも誰かいたが隠しているのだ。

ウラディーミルとジャンヌ以上に親密な関係はほかにあり得なかった。二人はほぼ毎日、一緒に飲んで酔っ払っていた。週に二、三回はベッドを共にした。ジャンヌは髪を染めていることをウラディーミルには隠さなかったし、気分が悪くなった時にはその姿をウラディーミルにさらした。

二人は互いの欠点を知り尽くし、どんなに些細なことも、卑劣なことも分かち合っていた。

それでも、ウラディーミルははっきりと口に出して訊くことはできなかった。

「エレーヌさんは、なぜ急にこっちに来てあなたと暮らそうと思ったんだろう？」

ジャンヌもそのことについて話そうとはしなかった。このように、二人の間には踏み込んではならない領域があった。

ジャンヌの方でも、ウラディーミルが親友をあのように陥れた理由を詮索しなかった。騒ぎから六日経つが、ジャンヌはあのことを一度も口にしていなかった。もう終わったことだし、とっくに済んだことだ。ブリニのことは記憶から消し去られていた。かろうじてあったことと言えば、ウラディーミルが顔を赤らめながらこう訊いたことくらいだ。

「エレーヌさんに本当のことを言ったのか？」

ジャンヌは答えた。

「いったい、わたしを誰だと思っているの？」


太陽の日差しが白い帽子の布地を通り抜けてきた。ウラディーミルはまぶたをじりじりと焼かれる気がした。体から次第に力が抜けていき、寝そべった甲板の板材の硬さからさえ何か官能的な快感のようなものが感じられた。

エレーヌはウラディーミルから数メートルのところで本を読んでいた。日常を忘れさせるお祭りの騒がしい音がいたるところから聞こえ、あたり一面が復活祭一色に包まれていた。

ウラディーミルは言いようのない感情を抱えていた。胸が躍ると同時に、絶望に打ちひしがれていた。彼女がここにいる……。そして、自分もここにいる……。ウラディーミルはエレーヌが読んでいる小説の内容を知っていた。マレー諸島が舞台の冒険小説だ。時おり彼女がページをめくるのが見え、ウラディーミルはその紙の音が聞こえるのを待ち焦がれた。

それはとても簡単なことだった。なのに、不可能だった。なぜブリニにはできたことが自分にはできないのだろうか？　なぜ、彼女は自分には笑いかけてくれないのだろうか？　エレーヌは心を開いてくれることが一度もなかった。二人の間に壁を作り、自分の前ではいつも冷たく無表情だった。

……たとえば、テーブルにトランプを並べて、サロンで一緒に座ることもできるだろう。舷窓からは陽の光が差し込み、船に当たる波のひたひたという繊細な音が音楽のように聞こえるはずだ……。

ジャンヌのことも、ジャンヌの友人やミモザ館のことも、ほかのこともみな忘れて……。

そうしたら、自分もブリニのように子どもの頃の話をしよう。だが、おそらく、ブリニとはちがうだろう。同じように軽やかに話はできないし、笑うこともないだろう。だが、自分は嘘はつかない！ なぜならブリニは嘘をついていたが、自分は真実を話すからだ。自分は三十八歳だが、エレーヌがかわいそうな少女であるのと同じように、心は哀れな少年なのだと……。

エレーヌが不幸なのは、おそらく母親のせいだろう……。

だが、自分は？ 今の自分がこのような状況にあるのは自分のせいだろうか？ 十七歳の時に人生が突然止まってしまったことを、エレーヌに説明しよう。

たった三か月だったが、ウラディーミルはとてつもない経験をした。あまりにも強烈な経験で、その記憶はまるで悪夢のようだ。デニーキン[11]の軍で戦った。引き金を引き、人を殺した。身の回りを銃弾が飛び交う音を聞いた。そして、何よりも忘れられないのは、激しい飢えにさいなまれたことだ。

それから、ほかの人々とともに群れをなしてコンスタンティノープルに逃れたこと、親切な人の納屋で夜露をしのがせてもらったこと、そして食べるためにした仕事……。

ウラディーミルはカフェのボーイになった。父親も母親も行方がわからなかった。そんな時、出会ったのがブリニだった。同じレストランの厨房で野菜の皮をむいていた。

「わかるかい、エレーヌ……」ウラディーミルは心の中で呼びかけた。

エレーヌは甲板の反対側でこちらに目もくれずに本を読みつづけていた。自分のことを軽蔑しているのだろう。母親の愛人であると同時に使用人でもあるこの自分を……。

だが、どうしてブリニのことは軽蔑しないのだろう？　ブリニだって使用人ではないか？　それに、ブリニを軽蔑する理由だったら、ほかにもある……。そうだ！　そういうことは今まで何度もあった。最初の時はブリニとけんかさえした。ブリニが自分に取って代わろうとしているように思えたからだ……。


ウラディーミルがそんなことを考えていると、口なしが海からぬっと甲板の柵の上に顔を出した。ボートでやって来たのだ。口なしは、何か必要なものはないかと身振りで尋ねた。ウラディーミルは帽子の位置を変え、身を起こして「何もない」と頭を振った。


エレーヌはここに来ないで以前住んでいたところにいればよかったのだと、ウラディーミルは思っていた。だが、実際、彼女はどこに住んでいたのだろう？　小さな田舎町か、ひょっとしたら修道院にいたのかもしれない。そうして、毎週日曜日になるとパパがお菓子を持って会いにきていたのかもしれない。

おそらくそんな生活をしていたはずだ。いずれにせよ、絵空事ではない実生活というものを経験したことはなかったのだろう。

ここに来るまで、エレーヌは酔った男を見たことはなかったし、酔った女なんてなおさらだったは

11　アントーン・デニーキン。ロシア内戦時の白軍の指揮官。

ずだ。だから、母親の前に出ると、彼女の顔は強ばり、血の気が引いて、まるで体中で非難しているようになってしまうのだ。だから、ほとんどの時間を船の上で過ごしているのだろう。

エレーヌが来る前は、みな、落ち着いていたではないか？　だらだらと時を過ごし、それをほとんど感じもせずに暮らしていた。いつも人が集まり、音楽が流れていた。そしてみな、飲んでいた。

夜になり、酔いの回った頭で恨み言をぶちまけるのも楽しいことだった。

そうだ、エレーヌは以前住んでいたところに戻ればいいのだ！　常にまともで冷静で、ここにいる必要はないではないか！

それとも、少なくとも、ブリニに対する態度と自分に対する態度に、こんなにも差をつけないでくれたらいいのに！

でも、そうはいかないのだろう！　なぜなら、ブリニは子どものようにくったくなく笑うからだ。それに、クレオールの人々のような優しい瞳をしているからだ。おまけにおかしな訛りでフランス語を話すからだ……。そんなブリニにエレーヌの心は和み、二人はすぐに親族の会食の席で退屈した子どもたちのような、独自の仲間意識を持つようになったのだ。

どうして、ブリニには心が和むのに、自分のことは軽蔑するのだろう？　それはブリニが酒を飲まないからだろうか？

だが、自分が酒を飲むからこそ、彼女はこちらに興味を持つべきだったのに……。ブリニが酒を飲まないのは、飲めば気分が悪くなるからだ。それに、あいつには飲む必要がなかったからだ。

ブリニには、すべき仕事が料理であろうと船体を削ることであろうとどうでもよかった。どうでもいいというだけじゃない。あいつにとってはどちらも楽しいことだったんだ。そして、両親やふるさとのコーカサスのことを、役者が入念に準備して演技をするように、郷愁たっぷりに話すのも、あいつには楽しいことだったんだ。

ブリニは天性の役者だ。それがあいつの魅力の秘訣だ。ブリニは嘘をつく。まるで息をするように嘘をつく。人のため、そして自分のために、作り話をする。ブリニは〝プリンス〟などではなかった。革命だって起こっていなかったし、ブリニは海軍将校なんかではなかった。ギムナージヤを卒業さえしていないのだ。

ブリニは貴族なんかじゃない！　今まで一度も言ったことはなかったが、それが本当のことだ。ブリニはクラーク、つまり富農の息子だった。だがその身分では、このジャンヌ・パプリエのヨットほど幸せでいられる場所は、ほかにはなかったはずだ。

たしかに、ブリニは優しい。女たちと話す時、ブリニはそのガゼルのような丸い目をさらに丸くする。だが、ブリニはそうやって感傷的に話をしながら、〝してやったり〟というようなウインクを投げてくることもある。

〈こうやって《ル・コム・シ》、こうやる《ル・コム・サ》〉

ブリニはわざとそんなものの言い方をする。それは、そうした方が人を楽しませ、和ませるからだ！　たとえば、蓄音機でふるさとの音楽のレコードがかかった時、したいと思えば、ブリニは笑うのと同じように簡単に涙を流す。

だが、自分は、ただ酒を飲む。酒を飲むのは本当の感情を感じているからだ。本当に不幸だからだ。

エレーヌさえわかってくれたなら……。

自分がジャンヌの愛人になっているのは、欲のためや、悲惨な生活に陥るのが怖いからでもない。二人で飲んで一緒に酔えば、互いに心の奥に抱える闇を打ち明けられて、少し心が軽くなるからだ。だが、もし、エレーヌが……。ブリニを見るのと同じように、情のこもった目でこちらを見てくれさえしたのなら……。

ウラディーミルはエレーヌを愛していた。その気持ちはブリニよりもずっと強いと思っていた。その証拠に、自分だったら、ダイアモンド泥棒どころか、金庫やぶりの常習犯の汚名を着せられたとしても、絶対に彼女のもとを離れない。

自分の方が彼女を深く愛している証拠はもうひとつある。それは、今、彼女がすぐ手の届くところにいるというのに、自分は甲板の上に寝ころんで、彼女のスカートの裾が動くのをかいま見るだけで、十分満足していることだ。

ウラディーミルは十一時になるのを待っていた。その時間になれば、エレーヌがデッキチェアから立ち上がる。ポリトの店で食事をとるよう言われても、エレーヌはそれに逆らって、毎朝ブリニがしていたように、買い物袋を持ってゴルフ＝ジュアンに買い物に行っていた。肉屋や八百屋に行き、調理の簡単な材料を買ってきて、ヨットの小さなサロンの中で、ひとりで簡単な食事を作って食べる。

いつも、ウラディーミルは彼女が出かけて戻ってくるのを見守った。桟橋を戻る姿は、太陽の光に照らされて最初はぼんやりと見え、近づくにしたがってはっきり見えてくる。水夫でない彼女は、狭いタラップをいつもためらいながら渡る。

彼女が食べているものはにおいでわかった。何か手伝うことはないか毎回必ず訊いてみたが、返事はいつもそっけないものだった。

エレーヌはなぜこんなに自分を軽蔑するのだろう？　ウラディーミルはこれまでにないほど不幸せだった。みながそれを感じていた。気づいていないのは、ただひとりエレーヌだけだった。ウラディーミルはポリトの店の席に座って無言で食事をし、リリはウラディーミルをなぐさめるためならなんでもしかねないありさまだった。

助役やトニ、常連のみながウラディーミルに敬意を持って接していた。みな、今まで誰かに敬意を持つなどという習慣などなかった人たちだが、ウラディーミルの中に自分たちには理解の及ばぬ謎を感じ取っていた。ウラディーミルが酔って、たとえばドアの取っ手をつかみそこねても、彼らはもう決して笑いはしなかった。

ウラディーミルの頭の中には、エレーヌしか存在しなくなっていた。彼女の落ち着いた雰囲気、つやのない肌、遠い眼差し……。だが、その彼女は、ブリニと一緒だと楽しそうだった。ブリニの話に耳を傾け、ブリニがまるで息をするように自然に喜劇を演じるのを楽しんで、何時間も過ごしていた。

〈こうやって《ル・コム・シ》、こうやる《ル・コム・サ》……〉

ウラディーミルの目から涙がこぼれそうになった。だが、ウラディーミルはブリニではなかった。泣いたりなどできなかった！　泣く代わりに、ウラディーミルは煙草に火を点け、あお向けに寝そべった。空を仰ぐと、煙が小さな白い雲となり、果てしない空に消えていくのが見えた。

コンスタンティノープルでは……。

どこかから子羊のグリルの香りが漂ってきて、ウラディーミルはコンスタンティノープルでの生活を思い出した。当時、自分とブリニは貧しくて、二人で一部屋を借りて住んでいた。仕事が終わると部屋に帰り、ブリニが勤務先の厨房からくすねてきたうまいものを一緒に食べた。

そんなことができたのは、ブリニが泥棒だからだ。ブリニはハムや、それにキャビアまでくすねてきた。ブリニは笑いながらそれを白木のテーブルに並べ、二人で窓を全開にして一緒に食べた。窓からはボスポラス海峡の全景が見渡せた。

二人はまるで夫婦のように暮らした。蓄音機を買うために、節約して金を貯めた。数時間ほど自由な時間ができた時には、ボートを借りて一緒に楽しんだ。

ウラディーミルは甲板に煙草を落とし、踏んで消さずそのままにした。ブリニが見たら、きっと飛び上がらんばかりに怒っただろう。〈ぼくのちいさなかわいいふね〉に焼け焦げの跡がつくなんて、許せないからだ。

こういう子どもっぽい言葉遣いはいつだって人の心を動かすものだ。だが、ウラディーミルは〈ぼくのちいさなかわいいふね〉などとは絶対に言わなかった。船の掃除すらろくにしなかった。《エレクトラ号》が一年間港から出ることがなく、エンジンが故障しても、ウラディーミルは気にもしなかった。

そんなことはどうでもいい。今、コンスタンティノープルのことが思い出されるのは、復活祭の朝の雰囲気が当時とほとんど同じだからだ。それよりも、たとえば今から……。ウラディーミルは心の中でそうつぶやいて、エレーヌと二人でゴルフ＝ジュアンに買い物に行く様子を思い描いた。

たとえば、あと少しで十一時になる。そうしたら、二人で出かけ、市場の香りをかぎながら、キャベツの葉やポロネギの葉先を見たり、若鶏を触って品定めをしたり、アスパラガスの大きな束を買おうかどうか考えたりしながら一緒に歩くのだ。そんなことができたなら……。

二人で一緒に心から笑い、市場の陽気なおかみさんたちの冗談を楽しめたなら……。買い物袋は自分が持とう。エレーヌは無意識に腕をからめてくる。それは、信頼を示すどんな言葉よりも深い表現だ……。

船に戻ったら、二人で食事の支度をしよう。テーブルには小さなテーブルクロスを敷く。そして今度は自分が話をするのだ。自分だって黒海やベルリンやパリをよく知っていて、話すことができるというのも、あちこちに滞在しながら四年かけてロシアからフランスに渡ったからだ。

「父さんは銃殺されたんだ」いつか彼女にこう話す。

母さんはまだロシアにいるが、手紙を書くとその身に危険が及ぶかもしれないので、手紙を書くことはできなかった。母さんも年をとったことだろう。もう、その顔をはっきり思い出すことはできなくなっていた。母さんもひとりぼっちのはずだ。老いてひとりさみしく貧しく暮らし、協同組合の店の前に長い列を作っているのだろう……。

エレーヌは父親のことを話してくれるだろう。おそらくここに来る前に亡くなったはずだ。彼女が喪に服しているのには気がついている。父親が亡くなってあんな母親のもとに来たところを見ると、父親はひどく貧しい暮らしをしていたにちがいない。

ブリニのように若さを取り戻し、かつて人生を捨てた十七歳の時点から、人生をやり直すことはできないだろうか……。

「ウラディーミルさん、お酒をやめると約束して！」

たとえば、エレーヌがこう言ってくれれば、自分は約束するだろう。二度と酒など飲まないはずだ。ひょっとして、習慣から一、二回酒に手を出すこともあるかもしれないが、必ず自制してみせる。ポリトの店に行ったらレモネードを頼むだろう。

そもそも、どうしてポリトの店に行く必要などあるだろう？

海岸沿いの通りに行列が見えた。ミサが終わり、晴れ着姿の人々が大勢教会から出てきた。鐘の音が今までよりもいっそう激しく鳴り響いている。正午だ。

ウラディーミルは頭を上げた。エレーヌのスカートの裾は見えなかった。立ち上がると、デッキチェアにはもう姿はなく、閉じられた本だけが残されていた。

その時、ウラディーミルの心にひとつの光景が浮かんだ。それは、白いズボンに縞模様のセーターを身に着け、帽子をかぶったブリニが、水兵の持つバッグを背負い、空っぽの線路を見つめて駅のベンチに座っている姿だった。ブリニが汽車に乗ったのかさえ確かではない。だからまるで根拠もないのに、そのイメージは一日に十回、ウラディーミルの目の前に浮かび上がってきた……。


ポリトの店は大勢の人であふれ返り、常連たちはその騒がしさに埋もれるようにして座っていた。リリの手伝いに娘が二人入り、ブイヤベースやロブスターを客に供していた。助役とトニ、イタリア人と口なしは厨房の隅に逃れてブロットをしていた。

みな、食事をしながら大声でしゃべっていた。誰もが陽気に浮かれていた。だが、これらの人々は、こうしなければと思い込んでいる姿を稚拙に模倣しているだけだった。まるで海辺で一日を過ごすためにはカーニバルのような奇抜な服装をしなければならないと思っているようだった。奇妙な釣り道具を携えて何時間も魚釣りをした。その間、妻たちは松の木陰に座り、子どもたちに目を配っていた。

仕事用の小型トラックで来た人々もいて、〈バター、卵、チーズ……〉とドアに書かれたトラックもあった。

「あそこの、あのヨットが見えるかい？　あれは、元は駆潜艇だったんだよ」

いつもの席で、ひとりで昼食をとっていたウラディーミルは、これを聞いてもにこりともしなかった。ウラディーミルはこの観光客たちのことをうらやんでいた。客たちはヨットをうらやんでいた。子どもたちはウラディーミルの金色の徽章のついた水兵帽や縞模様のセーターを見ていた。

「手紙が来ていますよ」リリがそばに来て言った。

ぴったりした服を着た彼女が通ると、男たちの視線はみなその若くはじけそうな胸元に注がれた。だが、ウラディーミルだけは無関心だった。

一方、リリはウラディーミルだけを見ていた。

「トゥーロンから来た人が今朝持ってきたんです」

それは食料品店の薄汚れた封筒だった。おもてにはブリニの筆跡があった。ウラディーミルはなぜかブリニが遠くに行っていると思い込んでいた。だが、ブリニはトゥーロンにいた！　鉄道で二時間しか離れていないトゥーロンに！

手紙は青いインクで、ロシア語で書かれていた。

ウラディーミル

きみに会わないで出てきてしまった。だけど、ぼくはきみに説明してほしい。ぼくが指輪を絶対に盗んでなんかいないことを、きみはよく知っているはずだ。きみがぼくの荷物に入れたんだったら、そう言ってほしい。どうしても言ってもらわなくちゃいけない。それは、きみが思っているよりもずっと重要なことなんだ。そのことできみを恨んだりはしない。ただ、どうしても知りたいんだ。

返事はトゥーロンの局留めで送ってくれ。ぼくが出ていったのは、エレーヌに信じてもらえなかったからだ。それでも、ぼくは彼女の様子が知りたい。彼女が今、何をして何を話しているのか、どうしているのか、手紙に書いてほしい。

きみがまだぼくを友だちと呼んでくれるかわからない。でも、きみの返事を待っている。

ゲオルギーより

手紙の最後には、ブリニの本名が書かれていた。手紙はブリニの人柄と同じく素朴なものだったが、そこには言外の意味が多く含まれている気がした。ブリニはいったい何が言いたかったのだろう？指輪をブリニの荷物に入れたのがウラディーミルかどうか知ることが重要だと書いているが、なぜこんなに強く言っているのだろうか？

〈それでも、ぼくは彼女の様子が知りたい〉ブリニはどんな思いでこれを書いたのだろうか……。

「ブイヤベースを召し上がりますか？」リリが笑顔を向けて訊いてきた。

ウラディーミルは肩をすくめて首を振った。今頃、エレーヌが買い物袋を抱えて《エレクトラ号》に帰っているだろう。すぐに戻れば、船にはちょうどステーキと野菜の香りが漂っているはずだ。そうだ、ブリニはいったい何が言いたかったのだろう？　あいつはトゥーロンでいったい何をしているのだろう？　そんな、すぐ近くで……。ウラディーミルには、ブリニが今もここにいて、自分の周りをうろついているような気がした。そこにちょうどトゥーロンからのバスが到着するのが見え、ウラディーミルはびくっとした。

もちろん、ブリニがバスから降りてくることはなかった。だが、いつだって来られるはずだ。それに、こちらからトゥーロンに行くことだってできる……。

あのバスはアンティーブまで行ったあと、三十分後に再びここを通る。それに乗ってトゥーロンに行き、ブリニを見つけるのは難しくはないだろう……。

そんなことを考えながら、ウラディーミルは無意識に昼食を食べていた。ブイヤベースのしみのついた手紙を細かく破いて皿に載せた。ブリニのことにあまりにも心を奪われていたために、リムジンが店の入り口の前に停まり、デジレがウラディーミルを見つけて目の前に座ったことにも気づかなかった。

「大丈夫ですか？」

「ああ」

「奥様に言われて来たんです」

「奥様はもう起きたのか？」

「私が出てきた時は、着替えをなさっているところでした。まあ、ご機嫌はよくなかったですね」

ウラディーミルにはそのわけがわかっていた。鐘の鳴らされる大祝日や日曜日は、自分たち二人を同じような気持ちにさせる。つまり、こういう日はもっぱら普通の家庭を持つ一般の人々のためのものので、自分たちはそのような人々に共感することはできず、交ざり合うこともできず、孤独な気持ちになるのだ。

というよりも、そんな思い出しかないからかもしれない……。

「で、奥様はどうしたいんだって？」

「一時間後にマルセイユに出かけるそうです」

「エレーヌさんと？」

「さあ……。でも、お嬢さん宛の手紙を預かっています」

「貸してみろ！　すぐ戻ってくるから、その間何か飲んでろよ」

ウラディーミルはそう言うと手紙をつかんで駆け出した。屋敷では、ウラディーミルたちは親しい口をきいたり、丁寧に話したり、態度は状況に応じて変わる。

船に着くと、ウラディーミルはサロンのドアをノックした。それはブリニが一度もしたことのないことだった。

「お母さんからの手紙です」ウラディーミルは言った。

エレーヌが準備していたのはステーキではなく骨付き肉で、ナイフとフォークの前に開いた本が置かれていた。紙皿の上にオードブルが盛りつけられている。

「ええと、母に伝えてほしいんですが……」

エレーヌはためらいながらそう言うと、時計を見た。

「あなたも一緒に行くのですか？」彼女は尋ねた。

「どこに？」

「マルセイユです。母や母の友だちと……」

「ええ、お母さんにそう言われていますから」

「では、わたしは行かないと母に言ってください」

「ですが、俺たちが今夜戻ってこなければ、今夜は船にひとりきりになるんですよ？」

「だから？」

「怖くないんですか？」

「ええ、とにかく、わたしはマルセイユには行きたくないとお伝えください」

エレーヌはテーブルに戻ると、明るい日差しの中、まぶしく光る本のページを前に、ひとりで席に着いた。あたりには焼けた骨付き肉の香りが漂っている。

「ですが、それで奥様が納得すると思いますか？」ウラディーミルはあえて言ってみた。

「とにかく、わたしが言ったとおりに伝えてください」

ウラディーミルは引き下がった。今のエレーヌは王政時代の貴婦人よりも尊大だ。だが、その威厳は、孤独や開かれた本、骨付き肉やこの小さなサロンによってもたらされているものだ。ここが彼女の砦だった。彼女にとってはここだけが、何時間も、まるで世界が存在しないかのように過ごせる場所なのだ。

「さようなら、お嬢さん」

「さようなら、ウラディーミルさん！」

ウラディーミルはタラップを渡った。今日の予定は決まっているのだから、もう待っていてもしかたがない。カフェに戻ると、デジレがアルコールを垂らしたコーヒーを飲んでいた。ウラディーミルは地元のマール酒[12]を頼んだ。大きなグラスで立て続けに二杯飲む。まぶたが赤らんできた。

5

ここは本当にコゴランなのだろうか？　まあ、この名前が、通ってきた道の数キロメートル前から標識に書かれているのは本当だ。だが、ここがコゴランであろうとなかろうと、どうでもいいことだった。ウラディーミルが面白いと思ったのは、あたりの景色がこの奇妙な響きの地名で記憶に焼きつけられることだった。

車は延々と続くカサマツの森を走っていた。いつものように不動の姿勢で運転するデジレの隣にジャンヌが座り、ウラディーミルとジョジョは後部座席に座っていた。運転席と後部座席の間は黄色っぽいガラスで仕切られていた。時おりジャンヌがデジレの方に身を乗り出して何か言っているようだったが、後ろの二人には声は聞こえなかった。

道は上り坂になっていた。農園に程近いカーブで、何人かがかたまって奇妙な列を作っていた。よく見ると、結婚式だ。男たちは農民なのだろう。身に着けた黒い礼服が日焼けした肌をくっきりと浮かび上がらせている。娘たちは青やピンクの絹のドレスを着ていた。父親たちは葉巻をくゆらせ、豊

12　ブドウの搾りかすを使って造られる蒸留酒。

かな胸の妻たちがそのそばに控えていた。

祝宴はすでに農園で行われたようだった。外の空気を吸って気分転換をするために、全員が幹線道路に出ていたようだ。女たちは男たちの腕をとっていた。その光景からは彫刻を見ているような印象を受けた。おそらくそれは、すでに傾きかけた太陽や薄暗いマツの森、赤みがかった岩の色彩、黒い礼服、そしてまた、澄み切った空気の効果によるものだろう。まるでニュルンベルクの職人の手で善男善女が彩色された、結婚式の木造彫刻のように見えた。

みな、一列に並んで端に寄り、車が通るのを見ていた。車の奥にいたウラディーミルの目が、驚いたようにこちらを見ているひとりの少年の目と合った。

カーブを曲がると村が開けていた。そこには、無垢な子どものような印象の、今までよりもさらにおもちゃのような風景が広がっていた。広場では男たちがペタンク[13]をしていた。上着を脱いだ男たちの白いシャツの袖が太陽の光を受けて輝いている。

通りのいたるところに復活祭の日曜の光景が広がっていた。海に近づくと、釣竿を持った男たちが岩に立っているのが見えた。脇道への入り口にはどこも車が停められていて、その車で来た人々が木々の間を散歩したり、横たわったりする姿が見えた。

戸口に座る老人たちでさえ、みな晴れ着姿だ。デジレの運転する青いリムジンは、すれちがうどんな車とも異なっていた。復活祭も景色も気にせず我が道を行き、自由自在に進んでいた。誰が見ても、このリムジンは日曜に走るほかの車とは品格の異なる車に見えた。この車を目で追うと、人々は一瞬心の静寂を乱されたが、それを忘れるとすぐに復活祭の夕べの穏やかな喜びをゆっくりと味わった。

車はあちこちに建つ屋敷の前を進んでいった。ミモザ館に引けを取らぬほど大きく、花壇に囲まれた屋敷もあった。だが、それらの屋敷がミモザ館より格下のものであることは、一目見るだけでわかった。道端に停められた平凡な車や釣竿を持った釣り人たち、昼夜の祝宴の間に戸外で新鮮な空気を吸う結婚式の参列者たちと同程度のものだ。

ウラディーミルはジャンヌの太い首やずんぐり太った肩、うなじの産毛を見つめていた。

「でも、あの人は意地悪っていうわけではないのよね」隣でジョジョがため息を漏らした。

全員が黙り込み、各々《おのおの》が窓の外に流れる風景を眺めはじめてからもう二時間ほどになる。その沈黙のあとで初めてつぶやいた言葉がこれだとは！　ウラディーミルはジョジョの顔を見た。退屈しているせいか、いつもよりぼんやりとした顔をしている。ウラディーミルは特にそのしまりのない体に咎めるような目を向けた。ある日、客間のドアを開けると、ジョジョがラモット伯爵とセックスしているところに出くわしたことがあったのだ。そんな芯の通っていない、内実のない人間であることが体に表れているように思えた。

「今朝、あの人に何があったのかしら……」ジョジョはまたため息を吐いた。

「何か騒ぎがあったのか？」

「息子から手紙が来たので、あの人に見せたんです……」

13　目標となる木製の小球に金属製の球を投げ合い、より近づけることを競う球技。プロヴァンス地方で生まれ、南仏で盛んなゲーム。

車はトゥーロンに差しかかろうとしていた。すでにイエールの町のヤシの木々の間を通り過ぎていた。ジャンヌが気まぐれを起こしてここで車を停めようとするのではないかと思い、ウラディーミルは不安でたまらなかった。これほどブリニの近くに来たことを思うと気が気ではなかった。これでは、どこかのビストロで、酔いつぶれたブリニにばったり出くわしかねないからだ。

それでも、息子という言葉を聞いてウラディーミルはびくっとした。ジョジョに息子がいたとは知らなかった。ジャンヌの屋敷で会う人々は、互いに隣にいる人のことを何も知らない。ウラディーミルもそうだった。ジョジョが男と寝ている現場に出くわしたこともあるし、自分の前で泣く姿を何度も見たこともある。泥酔したところを介抱してやったこともある。だが、彼女に子どもがいるなんて、まったく知らなかった。

「年はいくつだ?」

「七歳。写真を見せたことなかったかしら?」

そう言うと、ジョジョはハンドバッグから一枚の写真を出した。それは決然とした眼差しと端正な顔立ちをした美しい少年だった。唯一欠点というものを探そうとすれば、母親に似て顔が青白いことくらいだ。

「この子はどこにいるんだ?」

「スイスの寄宿学校に。肺が丈夫じゃないので、心配でたまらないの。今朝、ジャンヌさんの前でこの子の手紙を読んでいたら、ひどく責められてしまって……。どうして子どもと遠く離れて暮らせるのかって……」

ジャンヌのうなじに目をやりながら、ウラディーミルはエレーヌのことを考え、ジャンヌの気持ちを理解しようとした。

「前にもあったけど、あの人はわたしを娼婦呼ばわりしたの。わたしには男が必要だから、息子を手元に置きたがらないんだって。そんなの嘘よ！　わたしは男なんてどうだっていいのに」

車の両側にはあいかわらず復活祭の日曜の光景が広がっていた。トゥーロンの道は家族連れであふれ返り、野外音楽堂から軍楽隊の演奏が聞こえてきた。地平線に沈む太陽がますます強い光を放ち、山々は次第に暗く険しい姿を見せ、そぞろ歩く人々の影は、ほとんど手で触れられそうなほど濃く、長くなっていた。

「世の中には」ウラディーミルはため息を吐いた。「新年のカレンダーを受け取るとすぐ鉛筆で祝日にしるしをつけて、休日に挟まれて休みになる日を数えるやつが大勢いるんだよな」

先ほどの自分の打ち明け話のあとでなぜこんな話をするのだろうと思いながら、ジョジョはウラディーミルの顔を見た。

「ジャンヌさんがどこで育ったかは知らないけど」少ししてからジョジョは言った。「貧しくて、ずいぶん苦労したはずよ。しかも、あの人は、先月亡くなったという最初のご主人の話を絶対にしないでしょう。ラモットが言うには鉄道員だったそうよ」

ジョジョの言葉を聞いていると、ウラディーミルの心に、ふさいだ様子のエレーヌの姿と、その冷静で心を閉ざした顔が浮かんだ。

その結婚のあとジャンヌがなぜモロッコに行ったのか、ウラディーミルは知らなかった。おそらく男と一緒だったのだろう。そしてそこでルブランシェ氏と出会い、二度目の結婚をした。それから……。

「あの人がお金を好きでも、それは責められることじゃないわ。だけど、もう一度貧しい暮らしに戻るくらいなら、あの人はいっそ自殺すると思うわ」

こうして話しているうちに、トゥーロンを抜けた。ブリニに会わずにすんだ、とウラディーミルは胸をなでおろした。リムジンは、花をいっぱいに積んでマルセイユに戻る小型車を絶えず追い越しながら進み、追い越すたびにデジレはクラクションを鳴らした。

「マルセイユに行って何をするんだ?」ウラディーミルは訊いた。

「わからないわ。家にいても退屈だからでしょう。ヴィラから人がいなくなると、あの人はいつも退屈するんだから。そうして、どこかに行って新しい友だちを拾ってくるの……。あ、いえ、あの人が悪い女だって言いたいわけじゃないのよ。ただ、あの人は、他人の気持ちを理解できないところがあるの。今朝だって、息子のことで非難してくるから、わたしも言い返しそうになったわ。あの人の娘だって、あの人となんか一緒にいない方がいいでしょうって」

「まあ、それは本当だな。ジャンヌはティーンエイジャーのお手本になるような女じゃないからな。ところで、彼女に何か訊かれたことはなかったのかい?」

「彼女って?」

「エレーヌさんだよ。あの娘《こ》の様子を何度か見てみたんだ。あの娘《こ》は俺たちのことをどう思っているんだろうって思ってね……。一度、俺はエドナと一緒にここを出ていきかけたことがある。だが、結局、思い直してやめることにした。勇気が出なくてね。ほかにどうしようもなければ、俺はほぼ無一文でも働いて生きていくことができると思う。だが、一か月に五千フランもの金が黙ってても入ってくるとしたら話は別だ……。わかるだろ？」

ウラディーミルは無意識に手をジョジョの膝に置き、ジョジョもそのままにさせた。その行為には好色な気持ちはまったくなかった。だが、今のウラディーミルはジョジョのことが好きだった。というのも、ジョジョの言うことは、ウラディーミルの考え方にぴったり合っていたからだ。

「こんなことにはいつか終わりが来るわ」ジョジョは言うと、最後にため息を吐いた。

「どんな風に？」

「わからない……。でも、いつまでも続くわけがないわ」

どんな終わりを迎えるのかジョジョにはわからなかった。だが、自分たちの暮らしの中で何かがきしんでいるのを感じていた。おそらくジョジョも、日曜に散策する人々や、まるで木々の香りをかぎながら景色に見とれるように自然の中を走る自動車を見て、何か思うことがあったのだろう。

リムジンはあいかわらず心地よいエンジン音を立て、ほかの車を追い抜いていった。デジレはもったいぶった古風な運転手よろしく不動の姿勢で運転を続けていた。

ジョジョの話が思いがけない方向に進んだ。

「ブリニは良家の出なの？」と、突然訊いてきたのだ。

良家とはどの程度の意味で言っているのだろう？　ブリニは貴族ではないし、もちろん〝プリンス〟なんかではない。だが、ブリニの両親はコーカサス地方の山に、三、四千匹もの羊を所有していた。ウラディーミルは本当のことを言おうかと思った。だが、そうするのは何かブリニに対する裏切りのようで気が引けた。

「ああ、名門の出だ」

「それはつらいでしょうね……。でもわたしだったらそういう人たちのように生きるより、使用人になる方がいいわ……」

車は下町を走っていた。ジョジョは町を歩く人々を目で示した。みな庶民だが、日曜の晴れ着のおかげである種の威厳が備わっている。

ジョジョはふと顔を赤らめた。たった今自分が使った〝使用人〟という言葉は、ブリニだけでなくウラディーミルのことも指していることに気づいたからだ。

「あの、あなたはちがうわ。もともと船に乗るのがあなたの仕事だし……」

ジョジョは言ったが、すぐに目をそらした。自分を見るウラディーミルの顔に悲しげな微笑みが浮かんでいるのに気づいたからだ。その微笑みはこう言っているようだった。〈優しいな……。でも無駄だよ。俺も同じ〝使用人〟だということは、よくわかっているじゃないか……〉

そして今ジョジョが言った〝使用人〟には、ここにいるよりほかにできることはないのだ。シャンパンやウィスキー、高級車、自分には見合わないあらゆる贅沢品に慣れてしまった使用人には……。

「ほら、返すよ、息子さんの写真……」まだ左手にジョジョの息子の写真を持っていることに気づいてウラディーミルが言った。

そして写真を返しながら、ジョジョの膝に置いていた右手をさりげなくどけた。ジョジョは隣でハンドバッグを開くと、写真をしまうついでにおしろいを顔にはたき、口紅を塗り直した。

「この子をこの先どうしたらいいか、まだわからないの。将来、どんな仕事に就かせたらいいと思う？」

車はマルセイユに入った。後部座席で何が起こっているのかと、ジャンヌは苦労して体の向きを変えた。それから前に向き直るとデジレに何かささやいた。


「今日が日曜だって、言わなかったじゃない！」《サントラ》の前で車を降りながら、ジャンヌが言った。そして不機嫌にマルセイユ旧港のにぎわいを見まわした。デジレはドアを閉めると次の指示を待った。だが、ジャンヌは指示を出すこともなく、舗道に立ったまま食ってかかるようにこう言った。

「いったい、何をすればいいって言うのよ？」

ウラディーミルもジョジョも答えないでいると、ジャンヌはいら立ちを募らせた。

「まったく、あなたたちは何も言えないの？　まるで今までセックスしてたみたいな、うつろな目をしちゃって」

デジレはヴィラにいる時はくわえ煙草で部屋に入り、遠慮なく返事をすることもある。だが、街では模範的な運転手を演じ、帽子を手に堅苦しい態度でじっと立っている。

「今、何時？　ウラディーミル？」

「六時だ」

「まだ？」

何万人もの人出でいっぱいの街で、夕方の六時にいったい何ができるというのだろう？　《サントラ》の店内の人々がガラスの向こうからこちらを見ている。

「誰か、おなか空いてない？」

誰も答えなかった。三人とも、猛スピードで車を走らせてきて、結局その時間をどう使ったらいいかわからないなんて、なんてご苦労なことだと思っていた。

「とにかく入りましょう。デジレ、ここで待っていて」

「ここは駐車禁止のようですが……」

「じゃあ、とっととどこかに行って！　わたしたちが帰る頃に迎えに来ればいいのよ」

ジャンヌはひどく目立つ厚地の白いツイードのコートを着て、手にはあの大きなダイアモンドの指輪をはめていた。三人が中に入ると、みながいっせいにジャンヌを見た。ジャンヌを知る支配人が駆け寄ってきた。だが、ジャンヌは大袈裟な挨拶を受けてもいつも無頓着なそぶりを見せる。

「ようこそお越しくださいました。お久しぶりで……」

「こんにちは、坊や《モン・プティ》。いつものようにカクテルを持ってきて」

ジャンヌは相手が誰でも〝坊や《モン・プティ》〟と呼ぶ。タキシードを完璧に着こなしたこの支配人は五十代で、息子は兵役に就いているが、この支配人ですら例外ではない。

三人はテーブルに着いた。離れた席の人々が話をやめて、三人にじっと目を注いでいる。ウラディーミルは気持ちが沈んでいた。ジョジョも来る途中に息子の話で感情を出し切ってしまったためか、うつろな目をしている。

「ところで、ブリニから連絡はないの？」突然、ジャンヌが尋ねてきた。まさか今、ジャンヌがブリニのことを考えているとは思ってもいなかったので、ウラディーミルはうろたえた。

「ああ、ない……」

「しかたないわねえ。まったく、馬鹿な人だわ」

「でも……」

ウラディーミルはブリニのために何か言ってやらなければならないと思った。ジャンヌがこんなに軽々しくブリニを非難するのは気分が悪かった。

「本当に馬鹿な人だわ。わたしのところに来て、ちょっと作り話でもしてごまかせばいいだけだったのに……」

そう言いながら、ジャンヌはボーイを呼び、カクテルの作り直しを命じた。ボーイには「甘すぎる」と言ったが、実はいつもわざとそうするようにしているのだ。

「でも結局のところ、ブリニがいなくなってよかったわ。だって、あの人はほかに何かやましいところがあったにちがいないから……」

ウラディーミルの目に一瞬光がきらめいた。自分でそれを感じ、ウラディーミルは下を向いた。ジャンヌがこんなことを言うのは、自分と同じほど落ち着かない気持ちになっているからではないか。そう考えて当然ではないだろうか。そう思った。一方、ジョジョは運悪く、うっかり口をはさんでしまい、ひどい目にあった。

「わたしには、ブリニの気持ちがわかる気がします。みんなにダイアモンドを盗んだと言われて、自分を泥棒扱いする人たちとそれからも一緒にいるのは自尊心が許さなかったんだと思います……」

「馬鹿」ジャンヌがうめくように言った。

ウラディーミルはジョジョに黙るよう合図を送ろうとしたが、彼女はすでに次の言葉を発していた。

「どうして馬鹿なんです？　わたしが泥棒扱いされたら、そのまま黙っていると思いますか？」

「ええ、当り前じゃない！」

ジョジョは真っ赤になった。だが、勇気を振り絞ってこう言った。

「ちがいます！」

「いえ、ちがわないわ、お嬢さん《マ・プティット》。きっとあなたは騒ぎがそれ以上大きくなるのを恐れて、黙っているとと思うわ。人間なんて意気地のないものよ。わたしを筆頭にね……。わたしが今あなたたち二人とここにいるのがその証拠だわ」

ジャンヌは意地の悪いことを何も言わずに数週間過ごしたかと思うと、ある時突然爆発することがある。その時に彼女が発する言葉は、まるで他人や自分への嫌悪感によって体内で芽生え、熟してきたかのように辛辣なものだった。

「ほら、こちらの若いお嬢さんを見てごらんなさい！　わたしたちの言うことに聞き耳を立ててるから」

そう言って、ジャンヌは隣のテーブルの若い女性をじっと見た。おそらくタイピストか店の売り子だろう、若い男性と一緒だ。ジャンヌはわざと大声を出していた。若い女性は身の置き場のないかのような顔をしている。一緒にいた男性は、彼女よりももっと気まずい様子で、その証拠に一切口を出そうとしなかった。

「ねえ、ボーイさん、カクテルはまだなの？」

そしてジャンヌは尋ねた。「ここで食事できるのかしら？」

そこでは食事を出していないことをジャンヌはよく知っていた。だが、できないと言われても引き下がらず、ぶつぶつと文句を言った。そうしてまるで、自分は人々よりもずっと高い次元にいて、みな自分の足元にいるかのように、ほかの客たちを眺めた。

「窓は開けられないの？」

さらに間髪を入れず言う。

「今夜はね、酔っぱらいたいのよ！　ねえ、そこの制服の人、ちょっと《パスカルの店《シェ・パスカル》》まで行ってきてよ。それで『マダム・ジャンヌのために夕食を三人分用意しておいて』って注文してちょうだい。マダム・ジャンヌよ！　それから、いつものシャンパンをよく冷やしておくように言ってちょうだい。さあ、行って！」

ジャンヌは制服の従業員に百フラン札を渡すと、釣りはいらないと言った。だが、このすぐあとにバーテンダーに支払いをした際には、カクテルの値段を一杯ずつ確認し、自分でも計算をして、おまけにチップはたったの二フランしか渡さなかった。

「ちょっと、あなたたちは何も話すことはないの？」

日が沈み、旧港に浮かんでいたボートも、観光客をイフ城へと運んだモーターボートも、次々に戻ってきた。家族連れは家路に着き、食料品店に立ち寄って夕飯の買い物をする人々もいた。レストランの店先に書かれたメニューの前で立ち止まり、入ろうかどうしようかとひそひそ相談する親たちもいた。その間、子どもたちは親に手をつながれてじっと待っていた。だが、辛抱できず、騒いで平手打ちを食らう子どもたちもいて、こんな風に怒鳴られていた。

「こっちに来なさい！　ここで食べるんだ。父さんをうんざりさせないでくれ！」

《パスカルの店》ではジャンヌは女王様だ。店員はみなジャンヌのもとに駆け寄り、店主はジャンヌに最近の様子を聞きにきた。

「今、マルセイユには誰かいないの？」席に着きながらジャンヌが尋ねた。

というのも、マルセイユには二百万もの人々がいるのに、この日は顔見知りをひとりも見かけなかったからだ。店主にはジャンヌの言うことがよくわかった。

「ドリー様が昨日いらっしゃいましたが、今朝お発ちになったようです」

ドリー様というのは、一年前までミュージックホールの踊り子をしていた魅力的な若いイギリス人女性だった。年配のアメリカ人に身請されたが、最も奇妙なのはそのアメリカ人が同性愛者だということだった。

「ジョンは一緒だった？」

「ええ、そのほかに私の存じ上げない方がお二人……。あ、いえ、どなたもお越しになっていません。ロンベリー様以外は……。ロンベリー様は本日、ただ今ジャンヌ様がお座りのお席でお昼を召し上がっていかれました……」

「ロンベリーって、大佐の？」

「はい。なんでも二日前にマルセイユに着かれたとかで……。おそらく売りに出されているヨットを見に来られたのかと思います」

午前一時。ジャンヌたちは、《ペリカン》店内のジャズバンドのすぐ近くの突き当りのテーブルに六人で座っていた。大佐は両側にひとりずつ若い踊り子を座らせていた。ジョジョは食べ過ぎで気分が悪く、沈んだ様子で前を見ていた。ウラディーミルはジャンヌの隣に座り、何度かジャンヌと踊らされていた。

まだ日曜のせいで、ジャンヌは気分がよくなかった。マルセイユの街と同じく、店内は混みすぎていて、それなのに、ジャンヌのおめがねにかなう人は誰もいないからだ。いるのは会いたくもないような一般人ばかりで、周りはレモネードやビールを飲んで踊ってばかりいる若者だらけだった。貧しい若い娘たちには――商売女もそうでない娘も――まったく金にならないだろう！

ヴァイオリニストが小皿を持って通りかかると、ジャンヌはそこに百フラン入れ、ヴァイオリニストを自分のテーブルに着かせた。

「一緒に飲みましょうよ」

テーブルにはシャンパンのボトルが三本置かれていた。

「いつも今日みたいに賑やかなの？」

「いつもはこんなに混んでいないんですが、まあ、何日かは……」ヴァイオリニストは慎重に答えた。

その目は落ちくぼみ、疲れているように見えた。

「いつもは何時に閉めるの？」

「お客さまがみなお帰りになったらです。だいたい、三時か四時になります」

ウラディーミルはヴァイオリニストが結婚指輪をはめているのに気づいた。子どももいるようだ。午後には路面電車の騒音の中、ほこりにまみれながらその子たちを連れて波止場に散歩に行かなければならないのだろう。その間、家族のほかの者たちは、ゆったりとテラス席に座り、大勢の人々が行きかうのを眺めているはずだ。

「すみませんが、もう少し回らなければなりませんので……」ヴァイオリニストが小皿を再び手にしながら言った。

「ロシアの曲を何か知っている？」

「はい、何曲か……」

「じゃあ、仲間と一緒にそれを弾いてよ！」

「あまり踊れるような曲じゃないんですが……」

こう言うと、ヴァイオリニストはあたりを見まわした。みな、踊るためだけにここに来ているようにしか見えなかった。

「かまわないわ、あの人たちはあとで踊ればいいんだから！」ジャンヌは二枚目の百フラン札を小皿に入れて言い切った。

そのすぐあと、楽団はジャンヌの方を見ながらロシアの曲を演奏した。ほかの客たちは事情を理解し、あきらめて終わるのを待っていた。

「ねえ、ウラディーミル……」ジャンヌがため息を吐いた。

ジャンヌはまだそれほど酔ってはいなかった。ただ目だけが潤みはじめていた。

「わたし、貧しい暮らしをしたいって思うことがよくあるわ……」

そんなことは嘘だとウラディーミルにはよくわかっていた。ジャンヌはあまりにも退屈し、退屈から逃れるために自分自身を欺いて、こんな嘘を言うのだ。

「今頃、娘は何をしていると思う?」

「寝てるだろ」

「ひとりで? あなた、そう思う?」

ウラディーミルはその場に凍りついた。まるでジャンヌが娘を冒瀆する光景を目の当たりにしているかのように、心が傷つき、胸が締めつけられた。

「ああ、あの娘《こ》はまだ男を知らないだろう」

ウラディーミルがこう言うと、ジャンヌはわざとらしい笑い声を上げ、酒をあおった。

「じゃあ、ブリニは何もできなかったってことね! あの人は、いったいどんなことならうまくやれるのかしら?」

「俺たちはごろつきだもんな!」ウラディーミルは不愉快な顔でつぶやくと、ジャンヌがしたようにグラスを一気に飲み干した。

ジャンヌは珍しいものでも見るようにウラディーミルを見た。

「なんてことを言うの！」

二人の前の席では、大佐が両側に座らせた踊り子たちと冗談を言って笑っていた。ジョジョはひとり、眠っているように見えた。気分が悪いのか、唇がめくれている。

「あいかわらずブリニのことが気になるの？」ジャンヌが尋ねた。

ウラディーミルは答えなかった。

「あなたの知ったことじゃないじゃないの。あの人は、もうちがう人生を歩んでいるかもしれないし……。昔は、わたしも他人に同情したものよ。でも、今はもうしないようにしてるの！　そうでなければ、最初に自分を憐れんでしまうもの。ほら、あっちを見て。あのヴァイオリニストをごらんなさいよ」

ウラディーミルは言われたとおりにそちらの方を見た。先ほどの男が頬をぴったりとヴァイオリンにくっつけて、二百フランをくれたジャンヌに何度も視線を向けながら弾いている。ピアニストは黒髪でずんぐりとした二十代の若い女性で、同じようにジャンヌをちらちらと見ていた。

「あの二人で二百フランを分けるのよ。あの人たちにとってはけっこうな金額よね！　二人が演奏しながら何を考えているかわかる？　あのお金で何を買おうか考えてるのよ。ヴァイオリニストは、奥さんに新しい帽子を買ってやろうと考えてるの。そうすればこの夏はずっと、それをかぶって喜んでくれるだろうって。で、ピアニストの方はね……」

ジャンヌは見た目はしっかりしていたが、実際はかなり酔っていたようだった。というのもここで泣きはじめたからだ。泣き出すのは彼女の酔ったしるしだ。

「わたしにはプレゼントをくれる人がいる？　ねえ、どうなの、ウラディーミル？　わたしは人に何を期待できるのかしら」

ジャンヌは言葉を切ると、大声でボーイを呼び、シャンパンを注文した。

「まだあなたのロシアの嫌な曲よ。まったく、うんざりしちゃう。こんな曲、禁止すべきだわ！」

ジャンヌは立ち上がると楽団に向かって大声で言った。

「もういいわ！　ほかの曲をやって！」

全員の目がジャンヌに注がれたが、彼女は気にも留めなかった。いつものことなのだ。

「そうそう、さっき話していたのはブリニのことだったわね。わたし、あの人には同情したりしないわ。だって、あの人はどこに行ったって幸せでしょうから……。わかるでしょう？　どこに行っても、あの人には居場所ができて、それなりにうまく暮らしていけるのよ。わたしの娘みたいにね……。ここに来るまで娘は郊外で暮らしていたの。ボワ＝コロンブの駅の助役をやっている父親のところでね。聞いて驚いた？　そうでしょうね。わたしが結婚した時、あの人はまだ助役にもなっていなかった。窓口で切符を売ってたのよ。それでね、二十五年間、あの人は駅を離れなかったけど、わたしはあの人が引っ越したかどうかさえ知らないのよ」

「眠い……。気分が悪いわ……」ジョジョがうめいた。

「うるさいわね！」ほかのことを考えていたジャンヌはぴしゃりと言うと、話を続けた。

「エレーヌを見たでしょう。貧しかったあの娘《こ》は、突然お金持ちになったのよ。けれどもずっと自分の殻に閉じこもって、以前と同じような生活をしているの。自分で食料品を買いに行って、自分でコンロで料理する……。わたしがしたいのはそういう生活なのよ。わかる？」

「できっこない！」

「わかってるわよ、馬鹿ね。ただ、わたしが言うのは、そんな風に……」

こう言ってジャンヌが口をつぐむと、三人はどんよりとした目で前の席を見つめた。大佐は人前ではばかることもなく、両側に座らせた踊り子のひとりの胸を愛撫していた。別荘があるのはここから離れたトゥーロンの近くなので、人に見られてもかまわないのだ。踊り子はわざと気づいていないふりをして、大佐の好きにさせていた。ジョジョは気分が悪くなって洗面所に駆け込んだ。ヴァイオリニストが近づいてきて、困ったような顔でこう言った。

「曲がちがいましたか？」

なぜ曲の途中で止められたのか、ヴァイオリニストにはわからなかったのだ。

「いいえ、いいのよ、さっきの曲で！」

「申し訳ありません。本物のロマの演奏をお聞きになったことのある奥様には、もの足りなかったことと思います……」

「いいえ、そうじゃないのよ、坊《モン・プティ》や。とてもよかったわ！」

ヴァイオリニストにはもうわけがわからなかった。それに、どうやってその場を辞したらいいのかもわからなかった。

「お子さんはいるの？」

「ええ、三人います！」

「それって、あなたにとって重要なこと？」

質問の意味を理解できないまま、ヴァイオリニストは楽団に戻っていった。ジャンヌ自身も自分の言いたいことをわかっていなかった。

「毎日なんて肉にありつけない子が三人もね！」ジャンヌはウラディーミルに向かって言った。「愚かなジョジョが、息子をスイスの寄宿学校に入れたって話を考えるとね……。あなた、息子の写真見せてもらった？　あんなかわいい男の子、絶対手元に置いておかなくちゃだめよ。そうでなきゃ、生きていたってしかたないわ。シャンパンを飲んで無為な生活を送るために、そんなことをするなんて！　まあ、こんなことを言うとみんなに嫌われてしまうけど！　ところで、あなた、もう酔っぱらってるの？　わたしの話、聞いてる？」

ジャンヌはウラディーミルの顔をのぞき込んだ。ウラディーミルのことはよく知っているので、まだ完全に酔っているわけではないことはすぐにわかった。

「何を考えているの？　まだブリニのことを考えているのね」

「コンスタンティノープルにいた時は……」ウラディーミルは話しはじめた。

「コンスタンティノープルの話なんてやめてよ！　前に聞いたわ。当時、あなたは飢え死にしそうだったんでしょう？　それで？」

用心しなければ、とウラディーミルは思った。彼女がこの目を見たら、そこに浮かんだ彼女への憎しみに気づいて驚くだろう。

「コンスタンティノープルにいた時は」とジャンヌはウラディーミルの言葉を繰り返し、それから言った。「その時は、もう手遅れだった。あなたにはチャンスがあったのに……」

「チャンスって、どんな？」

「あなたの国では何もかもが吹っ飛んだんでしょう？　それってチャンスじゃない？　すべてを消して、一から始める。だけどあなたにはその大胆さがなかった」

ウラディーミルは息を吐いた。ベンチソファにがくんと沈み込み、口をぎゅっと結ぶ。

「だけど、それが本当のことなのよ。あなたはそれをちゃんと理解しなくちゃいけないわ！」

「父さんは銃殺されたんだ」ウラディーミルは声を潜めて言った。

「何百万もの人が、毎日死んでいっているのよ」

「姉さんは監獄に入れられて、殺される前には十人以上の男に……」

ジャンヌはさっとウラディーミルの方を向いた。

「それ、本当なの？」

「本当だ。確かだよ」

「あなたは『確かだ』って言ってばっかりよ！　だけど、信じるわ、この話は……。あなたを信じるわ」

「母さんは……」

「もうやめて！　これ以上聞かせないで！」

ジャンヌに再び感情の波が押し寄せた。酒を飲むと、また泣きたくなった。

「ごめんなさい、ウラディーミル。あなたの言うとおりだわ。でも、わたし、もうどうしたらいいかわからないのよ！　あなたにはきっとわからないわ……。ねえ、ボーイさん！　シャンパンを持ってきて！　いいえ、それじゃないわ、小さいボトルじゃなくて、マグナムボトルを二本一度に持ってきてちょうだい……。さあ、乾杯しましょう、大佐の健康を祈って乾杯！　それからそこのお嬢さんたちにも乾杯……。ねえ、ウラディーミル、化粧室に行ってジョジョの様子を見てきてちょうだい。あまりひどい状態でないといいんだけど……」

ウラディーミルはよろめきながらホールを抜けて、ジョジョを捜しにいった。ジョジョは化粧室の鏡の前にいた。すぐそばで、トイレの係員の女性が彼女のためにアスピリンを一錠水に溶いていた。

「だいじょうぶかい？」

「具合が悪いわ……。もう帰るの？」

「いや、わからない……」

「マルセイユに泊まるの？」

「そうしたいが、まだわからない。ジャンヌが何も言わないから……」

「ときどき、あの人はわざとああしてるんじゃないかと思うことがあるわ」

〝ああしてる〟とはなんのことなのか、ジョジョははっきりとは言わなかったが、二人の間では通じていた。

「ジャンヌは泣いてたよ」ウラディーミルは返事の代わりに言った。

「いつも最後は泣くんですよね！」

ジョジョはアスピリンを溶いた水を飲み、しゃっくりをすると、顔にまたおしろいを少しはたいた。

「行こう！」

ホールの人影はかなり少なくなっていた。大佐は踊り子のひとりを膝に乗せ、葉巻をふかしていた。気前よく金を使ってくれるジャンヌたちのために、店から客全員に紙テープなど祭りやパーティーの小道具がサービスで配られていて、ジャンヌは厚紙製の消防士のヘルメットをかぶっていた。もっとも、二人が戻った時には、ジャンヌは自分がそんなものをかぶっていることを忘れていた。

「二人して、いったい何してたの？」ジャンヌが疑わしそうな目を向けて尋ねた。

「何も……。わたし、具合が悪くて……」

「あなたたちは寝たことがあるんじゃないかって疑ってたのよ」

「そんなこと、絶対にありません」ジョジョが声を上げた。

それは本当だった。ジョジョもウラディーミルも一瞬でもそんなことを考えたことはなかった。

「そう？　でも、どうだっていいわ。わたし、嫉妬深いたちじゃないし。ねえ、あなたはどうです？　大佐」

話をろくに聞いていなかったので、大佐は答えに詰まった。

演奏は彼らのためだけに続いていた。店主はバーテンダーと売上を計算していた。クロークに掛けられているのはもうジャンヌたちの服だけだ。ボーイたちは時計を見てばかりいた。先ほど頼んだマグナムボトルはまだ一本手つかずのまま残っている。

「そろそろ出なくちゃいけないみたいね」ジャンヌはため息を吐いた。

そして自分でシャンパンを注いだあと、支配人を呼んで会計をしたが、そこで計算が三十フランちがっていることに気がついた。

「あなた、わたしが酔っぱらってるとでも思ってるの？　残念でした！　もう、チップはもらえないわよ」

それからみんなで席を立ち、紙テープに足を取られながら人気のないホールを通っていった。出口に着くと、ジャンヌはくるっと振り向いて、支配人を見つけると威厳たっぷりに言った。

「お取りなさい！　やっぱり百フランあげるわ。だけど次はわたしを馬鹿扱いしないことね！」

ジャンヌが言ったとおり、デジレはきちんと主人のあとを追って出口に迎えに来ており、ジャンヌの姿を見てリムジンのドアを開けた。

「さあ、帰りましょう！」ジャンヌは疲れた様子で言った。

大佐は自分の車を迎えに寄こしていた。

「一緒に来ないんですか？」

ジャンヌが訊くと、大佐は来ないと言った。踊り子たちと三人だけの方がよいのだ。助手席に座ろうとするジャンヌにデジレがそれとなく言った。

「後部座席の真ん中にお座りになればいかがです？　その方が暖かいのでは？」

「知ってるでしょう。そこは閉じ込められる感じがして怖いのよ」

それにもかかわらず、その後、ジャンヌが寒いと言うので、デジレはマルセイユから数キロメートルの人気のない道で車を停める羽目になった。デジレはジャンヌにコートを貸し、ジャンヌは自分のコートの上にそれを羽織った。ジョジョは眠っていて、車が揺れるたびに頭を片側からもう片側へと揺らしていた。ウラディーミルはひとりで煙草を吸っていた。

コートを着ていなかったので、ウラディーミルも寒さに震えていた。駅のホームでベンチに座るブリニの姿が目に浮かび、追い払うことができない。冷気のしみ込んでくるガラスのドームの下の、夜の駅のホームのことを考えていた。

運転席と後部座席の間の仕切りガラスには、後続車のヘッドライトの三角形の青白い光しか見えなかったが、仕切りの前に座るジャンヌのシルエットが浮かび上がっていた。ジャンヌは先ほどの厚紙製のヘルメットを脱ぎ忘れてまだかぶっていた。ジャンヌは眠っているのだろうか。それとも起きているのだろうか。

ウラディーミルは煙草を一本吸い終わると、また新しい煙草に火を点けた。寒さと同時に、別ののが自分の中に滑り込んでくるのを感じた。それは、仕切りガラスの向こうで動かずまっすぐ座っている女のがっしりとした背中と太い首に対する、まだ漠然とした憎しみだった。時おり、ジョジョが眠りながらため息を漏らした。ジョジョは自分でも知らないうちに、靴を脱いだ両足をウラディーミルの尻に摺り寄せていた。

6

二か月が経った。ウラディーミルは無意識に何かをロシア語で言いかけて、自分がブリニに話しかけていることに突然気づき、話をやめることがよくあった。これは朝、目覚めたばかりの時に特によく起こり、ウラディーミルははっとしたあと、空っぽのブリニのベッドをぼんやりと眺めるのだった。東風が吹き、ウラディーミルの帰りが夜遅くなった日に、二度ほど口なしが服を着たままブリニのベッドに寝ていたことがあった。はっとしてブリニの枕を見ると、そこには無言で笑う大きく不細工な顔が載っていて、下の方にはいつも裸足の大きな足があった。

船にはカレンダーはなかったが、季節とともに変わる自然の色や香りが感じ取れ、今が何月なのか知るのに甲板に上がる必要もなかった。

すでに六月も終わりに近づき、七月になろうとしていた。海岸ではペンキを塗り替えられた大きな軽食堂が並び、窓を全開にしてスピーカーを大音量で鳴らし、アイスクリームやブイヤベース、カクテルや生ぬるいビールを売っていた。

その周りには、海水浴客用のぐらぐらする着替え小屋が百から二百ほども建てられて、それを見下ろすように飛び込み台やすべり台が設置されていた。歩道はテラスと成り果てて、鉄製の小さな椅子や丸テーブルが所狭しと並べられていた。

港には毎日新たなボートが到着した。大型船から小型のボート、様々な種類のカヌー、そして奇妙な形の乗り物があり、ペダルで漕ぐ巨大なクモのような形のものもあった。

夜になると人々は蓄音機を手に波止場に繰り出した。列をなして座ると、深まる夜を見つめながら何時間もレコードを聞いていた。教会の塔ほども高く、ミツバチの巣箱のようにアパルトマンがぎっしり詰まった建物は満室だ。全室の窓の明かりが次々と点き、バルコニーには欄干に肘をつく人影が浮かび上がった。

ウラディーミルの変化にリリは気づいていただろうか？　ポリトの店では、ウラディーミルはいつもカウンターのそばの同じ場所に座っていた。ある日、ウラディーミルが大して飲んでもいないうちに、いきなり立ち上がったことがあった。激しく動転しているようなその様子に、リリは思わず客に飲み物を出す手を止めた。

ウラディーミルが何かに怯えていることがリリにはわかった。この時の様子をリリに訊けば、ウラディーミルは今にも厨房に飛び込んでいきそうだった、と断言しただろう。

ウラディーミルの視線の先にそっと目をやると、リリは眉をひそめた。そこに見えたのは、カフェのドアから入ってくる数人の若者たちだけだったのだ。

ウラディーミルはすでに座っていた。自分の動揺を恥じているようだった。

「どうしたんですか？」リリは尋ねた。

ウラディーミルはベンチソファを調べるふりをしてから答えた。

「何も……。虫に刺されたと思ったんだ……」

リリは、入ってきた若者のひとりがブリニと姿がよく似ているのに気がついた。身長が同じくらいで、白いズボンに縞模様のセーターを身に着け、アメリカの水兵帽をかぶっていた。

そういう服装の人は大勢いるが、今回、ウラディーミルは意表を突かれた。若者の姿がガラスのドアの向こうにまずぼんやりと現れた時、ウラディーミルはよそを見ていた。そして入ってきた若者を見て、とっさにブリニが入ってきたと思ってしまったのだ……。

ウラディーミルが不安な思いでブリニの影を捜すのは、特に夜、ミモザ館から戻ってきた時だった。というのも、今の時期には、夜、何時になってもあらゆる場所がカップルでいっぱいで、きちんとした寝場所があっても、戸外で寝ることを楽しむ人がいるからだ。ブリニがベッドに寝ている姿が見えるのを恐れ、ウラディーミルは乗組員室に入る前にいつも明かりを点けるようにしていた。

トゥーロンには決して足を踏み入れなかった。だが、ブリニはほかの場所にいる可能性もあった。もしかしたら、もっと近くに来ているかもしれない。今この瞬間に姿を現してもおかしくはない……。

ほんの少しの物音にもウラディーミルは身を震わせた。そしてさっと振り返り、自分の立てた音がウラディーミルを怯えさせたことなど知る由もない人々を、意地悪い目つきで睨みつけた。

二か月の間に重要な事件とも言える二つのことがあった。ひとつはエレーヌの言葉、もうひとつはジャンヌの足の骨折だ。より大きな結果をもたらしたのは、エレーヌの言葉の方だった。

エレーヌはあいかわらず船で暮らしていた。そして自分で食事を作り、本を読んだり水彩画を描いたり、早朝にディンギーで近くの海をふらりと回ったりして過ごしていた。ウラディーミルとは必要最低限の言葉しか交わさなかった。

ウラディーミルはときどきトニか口なしのどちらかに手伝ってもらって仕事をこなしていた。船はきちんと手入れされていたが、ただそれだけだった。トニは以前と変わらず毎晩漁師の仕事をしていた。おかしな若者で、ジャンヌから給料をもらうようになってからは、大真面目な顔をして、敬礼しながらウラディーミルを船長と呼んだ。

「船長、今朝のご命令は？」

一緒にブロットをする時も、ウラディーミルを船長と呼んだ。とはいえ、トニにとって、それは好き勝手に振る舞うことの邪魔にはならなかった。トニはときどき《エレクトラ号》の上で自分の漁網を干した。機械室の工具も勝手に使ったが、ウラディーミルにはトニがそれを持ち出すことはないと断言することはできなかった。

「すみません、船長、自分の船の引き網に使いたいんで、ロープを少しもらえませんか？」

倉庫には新しいロープが何本かあったので、ウラディーミルは「いいよ」と返事をした。その日、エレーヌが甲板にいて、話を聞いていたのをウラディーミルは憶えていた。だが、エレーヌは特に反応した様子もなかった。今まで船のことに口を出したことは一度もなかった。

ところが翌日、ウラディーミルが通りかかるとエレーヌに呼び止められた。

「ちょっと訊きたいんですけど」

「なんでしょう」

「トニに、ロープを一本持っていっていいと言ったんですか?」

栈橋に目をやると、引き網が干され、その網目に新しいロープが通されているのが見えた。

「ほしいと言われたので……」

「いいと言ったのですか?」

顔が真っ赤になり、ウラディーミルは甲板に目を落とした。目に浮かんだ狼狽を隠そうとして、甲板だけをひたすらじっと見つめる。

「あなたが船の備品をこんな風に人に与えるのを、母は知っているのですか?」

ウラディーミルは体を動かさず、冷静を装って言った。

「あなたのお母さんはロープの切れ端のことなど気にしません!」

「だから母はみんなから盗み放題盗まれているんですよね!」

ウラディーミルはなおもじっとしていた。だが、息が荒くなった。

「ヨットの備品の在庫表を作ってください。それから、もう口なしには甲板で延縄《はえなわ》の準備をしてほしくありません」

「わかりました」

「ちょっと待ってください。ああいうロープは一本いくらするんです?」

「二百フランくらいです……」

「そう、ありがとう。もう行ってもらってけっこうよ」

エレーヌが母親に話したかどうかはわからない。この頃、ジャンヌは比較的落ち着いた日々を送っていた。ジャンヌのノヴェナ、つまり泥酔する毎日が続いたあとは、ほぼいつも数週間、その反動で一般市民のような堅実な生活をして、使用人たちを不安にさせるのだ。

ジョジョがその最初の犠牲者だった。この二人の間に何があったのかわからない。だが、ある朝、ウラディーミルがヴィラに着くと、ジョジョを車で送って駅から戻ったというデジレと出くわした。

「一丁上がりというところですかね」デジレが皮肉っぽく言った。

昨夜騒ぎが起こり、今朝ジョジョはヴィラを出ていった。今後、ジャンヌしかいなくなったこの屋敷では、空虚さを埋めるために何か別の種類の活気が必要だった。ジャンヌは朝から起きていた。温室のそばで庭師に指示を与える声が聞こえた。

「こっちに来て、ウラディーミルさん！」

ジャンヌが呼んだ。娘のいないところで彼女が〝ウラディーミルさん〟と呼ぶのは、やっかいごとの起こるしるしだ。

「船は調子よく動いてる？　十日後に錨を上げる準備をしてくれないかしら。まずナポリに行って、それからシチリアに行きたいの」

「はい、奥様」

ウラディーミルはわざわざ異を唱えたりしなかった。毎年、ある時期になるとジャンヌは決まって船旅を計画する。ウラディーミルはそれに合わせて夢中で働き、船に手を加える。時には乗組員がそろい、全員で何日も出航命令を待ったこともある。いや、そうして、実際に一度はモンテカルロまでは行ったこともある！

「飲料水のタンクをもうひとつ設置した方がよさそうですよ」

「いくらするの？」

「わかりません……。たぶん千フランか、もう少し……」

「〝たぶん〟って言葉は嫌いよ。見積もりをとってちょうだい」

ジャンヌはまた締り屋になっていた。庭を引っかきまわし、車やヴィラの欠陥を見つけ出し、あらゆる種類の業者に電話をかけまくっていた。

「もちろん、船長も探してね！」

これはウラディーミルに対する当てこすりだった。ウラディーミルは船長を自称していたが、初歩的な知識しかないただの乗組員だった。そのせいで、モンテカルロに行った時にはマントンで危うく船を転覆させそうになった。

「はい、奥様」

追加の飲料水用タンクが備えつけられた。ジャンヌは毎日準備の進み具合を船に見に来ては、質問や忠告をして作業員たちをいら立たせた。

ジャンヌは日に日に太っていった。ジャンヌを見るウラディーミルの目は、次第に冷ややかになっていった。ジャンヌはそれに気づいていたが、動じなかった。その代わり、しれっとウラディーミルにこう尋ね、復讐した。

「ブリニから連絡はないの？　あの人がいた時は、もっと船の手入れが行き届いていたように思うけど」

ブリニにとっては〈ぼくのちいさなかわいいふね〉だったものな、とウラディーミルは心の中で言った。当然ながら、トニや口なしはブリニほど丁寧に船を磨いたりしなかった。ロープだって、ブリニだったら数センチたりとも持っていかせはしなかったはずだ。漁師が自在スパナを貸してくれと言うのをブリニが断るところを、ウラディーミルは見たことがあった。なぜなら、自在スパナはブリニの〝ちいさなかわいいふね〟のものだからだ。

厚かましい子どもたちが船の甲板から海に飛び込もうとやって来た時も、ブリニは怒って追い払ったし、どんなボートもカヌーも《エレクトラ号》の隣に係留することは許さなかった。

船に帰ればブリニの大きな笑顔や少女のようなあの目が待っているかもしれない……。ウラディーミルは常にそう感じていた。

ジャンヌは二度、ウラディーミルを連れずにニースに行き、夜を過ごした。二度目の時、戻ってきたジャンヌは、髪をかつてないほど鮮やかなブロンドに染めたエドナを伴っていた。

「エドナも一緒に船旅に行くの！　今夜、カジノで再会したのよ」

いつぞやの騒ぎはすっかり忘れられ、エドナはジャンヌの寵愛を取り戻したようだった。エドナは以前と同じようにミモザ館に身を落ち着けた。さらに土曜日には、礼儀正しく慇懃で立派な若者がパリから到着し、深々とお辞儀して、ジャンヌの手にキスをした。

「婚約者のジャック・デュランティです」

また婚約者か！　ということは、伯爵とは終わったということだ。今度の婚約者は良家の出の内気な技術者で、何時間もの間エドナの手を握っていた。

この若者は真剣に旅行の準備をした。一週間の休暇を取れるよう手はずを整えた。そうして、ナポリまで飛行機で来てみなと落ち合い、一番の見どころを一緒に楽しむ予定にしていた。

彼には老いた母親がいて、パリ左岸の快適だが陰気なアパルトマンに一緒に住んでいるという。さらにこの若者は、年末に予備役将校の再教育を受けると熱く語り、背広の襟につけた愛国のバッジを見せた。

日曜の夜、車でカンヌの駅まで彼を送ったエドナは、戻るなりはばかることなく大きなため息を吐いた。

「なんて愚かな人なのかしら……。ねえ、ジャンヌさん、シャンパンをいただいてもいいですか？」

「いいわよ」

一方、ジャンヌが眼鏡をかけて計算に没頭し、代訴士と公証人に長々と手紙を書くさまを見るのは、なかなか面白いものだった。

「エンジンはどのくらいガソリンを使うものなの、ウラディーミル？　正確に教えてちょうだい」

ジャンヌはガソリンを最安値で買う方法を見つけていた。ガソリン販売業者と友人になったのだ。その男から潤滑油も実費で譲ってもらっていた。

本当に船旅に出るのだろうか？　船長候補が二、三人名乗り出ていたが、ウラディーミルは彼らに待つように言っていた。そして、ある日の午後、蓄電池を充電するための小さなガソリンエンジンをめぐって騒動が起こった。エンジンはまだ動かず、整備士が二回来ても直らなかった。ジャンヌはいら立って全員を責め立てた。

その午後、ジャンヌはニースから別の整備士を呼び寄せ、デジレを呼んで手伝わせた。ジャンヌは機械室のハッチに身をかがめ、二人が作業をするのを見ていた。エドナも船に来ており、エレーヌは桟橋でデッキチェアに座って水彩画を描いていた。

「待って！　今、下りるから……」ジャンヌがいら立ちを募らせて、突然大声を上げた。

機械室に下りるには、船の前部を回って行かなければならない。ジャンヌは自分に盾突くガソリンエンジンに怒り狂いながら、ウラディーミルの前を通っていった。乗組員室のハッチが開いていたが、それには気づかなかった。そして突然、ジャンヌの姿が消えた。文字通り、穴に吸い込まれ、金切り声が響き渡った。

みなでジャンヌを救い出し、ブリニのベッドに寝かせた。ジャンヌが痛むと言う左足を動かそうとしてみて、ウラディーミルは脛骨が折れていることに気がついた。

ジャンヌはあえぎ、うめき声を上げるとみなを罵った。

「せめて、何か飲むものを持ってきなさいよ！　痛さのあまり頭がおかしくなるのを見たくはないでしょう！」

この騒ぎにエレーヌがやって来た。そして、まるで見知らぬ人の前にいるかのように、静かに母親を見た。

「船にはお酒はないわ」エレーヌは言った。

「誰かに何か持ってこさせて……」

デジレがポリトの店まで走り、医者に電話もしないうちに、高級ブランデーのボトルを抱えて大急ぎで戻ってきた。ようやく医者が着いた時には、ジャンヌはすでにボトルを半分空け、骨折した足を触りながら小さな女の子のように泣いていた。

こうしてジャンヌは船を嫌いになり、すぐにもそこから出たいと言った。船を売り払うと口にし、ハッチを開けっぱなしにしていたウラディーミルを罵った。また、娘のエレーヌにはこう言った。

「わたしたちには快適な屋敷があるというのに、あなたはいったい船で何をしているの？」

入院の話も出たが、ジャンヌは聞くのも嫌だと言い、屋敷の自分の寝室で看護してもらうと言い張った。埠頭には百人もの人々が集まっていて、救急車の到着を見て道を開けた。担架が船に運ばれた。困難を極めたのは、ハッチを通してジャンヌを乗組員室から出すことだった。

このようにして、少なくとも、もう船旅のことは話題に上らなくなった。ジャンヌは医者からこの夏中ずっと寝ている必要があると言い渡された。それからは、飲酒は絶対にいけないと言う看護婦に逆らって、毎日ひとりベッドで酔っぱらっていた。

「お金を出すのは誰？　わたしでしょう？　わたしが飲みたいって言っているんだから、いいの。あなたには関係ないわ。いい？　わかった？」

「だめです、奥様」

「なんですって？」

「わたしがここにいるのは奥様の看護のためで、わたしはお医者様の言うことにしか従わないと言っているんです」

面白いことに、普段なら口答えなど許さないジャンヌが、この言葉に圧倒された。そして、この看護婦に対しては、正面からぶつかるのを避け、裏をかくことにした。

こうして、ウラディーミルは気づかれないよう平たいボトルにアルコールを入れてジャンヌに運ぶ役目を負わされた。だが看護婦は目ざとくそれに気づいた。

「恥ずかしくないんですか？」看護婦はウラディーミルに言った。「まったく、けっこうなお仕事ですね！」

ウラディーミルははばかることなく大笑いした。エレーヌに言われたことに比べたら、こんな言葉は痛くもかゆくもなかった。それに、自分がしたことと比べたら！

ウラディーミルはブリニがゴルフ＝ジュアンの近くのどこか、もしかしたら、まさにこの街にいるかもしれない、という考えに取りつかれて暮らしていた。

ジャンヌが酒を飲めば飲むほど、ウラディーミルは彼女を軽蔑することができた。ジャンヌはすでにベッドで美しく見せようとする気も失っていたため、ウラディーミルは彼女の醜さを面白がって見ていた。ジャンヌの髪の色は変わりはじめ、胸元が大きく開いたシュミーズからは首の細かい皺が見えていた。

酒を飲んだ時には、ジャンヌはエドナを部屋から追い出し、ウラディーミルにエレーヌの話をした。

「ねえ、あの娘《こ》はわたしのことを何も話さないの？」

「そもそも、お嬢さんは俺に口をききもしないよ」

そんな時、ジャンヌの目つきは鋭くなり、ウラディーミルは自分とジャンヌが理解し合っていると感じた。

「あの娘《こ》は毎日ここに来てくれるけど、それは、それが義務だと思っているからよ！　そしてできるだけ早く帰ろうとするの。来ると最初に看護婦と話をして、細かい医学的なことを訊いてるの」

看護婦とエレーヌは若い女性同士、友だちになったのだろうか？　ある晩、看護婦が船に来て、エレーヌと一晩中サロンにいるのを見て、ウラディーミルは驚いた。看護婦は船によく来ていた。ウラディーミルのことは気にも留めていないようだった。看護婦は二十五歳で、エレーヌと同じように落ち着きがあり、少々厳しい性格だった。がっしりとした体つきは、少々たくましすぎると思うほどで、そのせいで男性的な雰囲気があった。名前はそんな彼女には似合わぬ名で、ブランシュといった。

ウラディーミルは一度、機械室に身を隠し、二人の話を聞こうと耳をそばだててみたが、二人があまりにも声を潜めて話していたために、何も聞きとることはできなかった。

一方、ジャンヌは再び荒れはじめた。ウラディーミルはすでに毎日平たいボトルを二本運ぶようになっていて、ジャンヌは酔うと再びかつてのように感情を吐き出した。

「わたしは不幸なの、ウラディーミル！　わたしが動けないのをいいことに、みんな勝手なことをしているわ。エドナは退屈していて、わたし抜きでどこかに出かけたいと思っているの。きっとそうよ。みんな、心の奥でね、あることを残念に思っているのよ。それはわたしが死ななかったってこと。でもね、わたしはまだ死にたくないわ！　みんなには、ずっとわたしに辛抱してもらうことになるわ。

いい気味よ……」

そんな話をしたあとには、ウラディーミルのことを気にかけた。

「あなたは一日中何をしているの？　まさか、娘に言い寄ったりしてないわよね？」

そして突然、声の調子を変えると言った。

「ねえ、あの娘《こ》はまだ処女だと思う？　こんなことあなたに訊くのはおかしいけど……。あの娘《こ》を見ると、いつも考えてしまうのよ」

「そうだと思うよ」ウラディーミルは重々しい口調で言った。

「あなたはそう思っているかもしれないけれど、あなたはあの娘《こ》のことを何も知らないでしょう。男っていうのは、こういうことに関してはいつも見当が外れるものよ。わたしも経験あるわ。結婚した時わたしは処女だったけど、夫でさえそれを信じようとはしなかった。娘がいつか処女でなくなるって考えるのはおかしなものよね……。ボトルを貸して！」

こんな話を聞くとウラディーミルの目つきは険しくなった。ある日のこと、ウラディーミルが自分をそんな目で見ているのに気づき、ジャンヌは予感のような不安を覚えた。

「ウラディーミル！」ジャンヌは大きな声を出した。

「なんだ？」

「どうしてそんな目でわたしを見るの？」

「俺が？」

「まるでわたしのことが嫌いみたいに見える……。いえ、もっと正確に言えばそうじゃなくて、まるで……まるで……ああ、わからないけど、でもあなたはもう前とはちがうわ」

そして、少し経つとまた同じ話を繰り返した。

「ねえ、ウラディーミル、いいことを教えてあげる。あなたが絶対に忘れてはいけないことを……。わたしたち二人、けんかをするかもしれないわ。時には、憎み合うことになるかもしれない。今までもわたしはあなたに意地の悪いことを言ってきたし……。だけどね、わかるでしょう？　結局のところ、あなたにはわたししかいないし、わたしにはあなたしかいないのよ。そうでしょう？」

「たぶんな！」

「ほかの人たちは、ただわたしたちを引き立てるためにいるようなものなのよ。わたしたち二人は、話をしない時ですらわかり合えるでしょう。わたしを見るあなたの目は、老いた醜い女を見る目だわ。わかるのよ……。それでもあなたはわたしと寝ざるを得ない。あなたにはわたしが必要だし、わたしにはあなたが必要なの」

看護婦のブランシュが隣の部屋を行ったり来たりする足音が聞こえた。窓を全開にしているにもかかわらず、部屋にはすえたにおいが充満していた。

「ブリニとのこと、憶えてる？　あの時、わたしはあなたを責めたりしなかったでしょう？　だって、わたしにはわかっているんだもの。あなたにはああするしかなかったんだって」

そうして声を潜めて言った。

「わたしもね、ときどきブリニを邪魔だと思うことがあったわ。わかる？　ねえ、ウラディーミル。鈍いあなたにだってわかるでしょう？」

そして次には脅してきた。

「万一、あなたに捨てられるようなことがあったら、わたしは何をするかわからないわ。だけど、あなたにはわたしを捨てる勇気なんかない。そうよ。だって、わたしなしではあなたはどうなると思う？」

〈わたしなしではあなたはどうなると思う？〉

ウラディーミルの周りでは、大勢の人々がそれぞれ好きな服装をして、テラスで酒を飲んだり、踊ったり、日光浴をしたりしていた。塔のように高い建物には、数十ものカップルや家族たちが泊まっている。行き交う自動車がわけもなく騒がしい音を立て、夜になるとじめっとした夜闇の中、人影がさまよい歩いていた……。

ブリニはいったいどうなったのだろう？　あの月曜日、どうして船であんなひどい騒ぎになってしまったのだろう。ウラディーミルは考えずにはいられなかった。

ウラディーミルは箱から蓄音機を取り出した。コンスタンティノープルにいた時にブリニと二人で金を出し合って買ったものだ。これはまだ二人のものだ……。ウラディーミルは蓄音機をかけもせず、そんな思いに浸りながらただじっと見つめていた。そしてふと耳を澄ませた。誰もいないはずなのにサロンの方から音が聞こえてきたからだ。小さく規則的な音で、すすり泣きのように聞こえた。

考える間もなく、さっと甲板に上がった。そして音の正体を知るためにサロンに下りようとしたちょうどその時、目の前でハッチがバタンと閉まった。

看護婦のブランシュだった。ウラディーミルを入れないように飛んできたのだ。だが、彼女は泣いていなかった。ということは、泣いているのはエレーヌだ。

ウラディーミルは途方に暮れてその場にたたずんだ。すでに日は暮れて、人々が静かに夜の散歩を楽しんでいた。何組かのカップルが船を見るため立ち止まった。

舷窓から中をのぞこうと、ウラディーミルはその場に這いつくばった。だが、すぐに後悔した。そこで目にした光景が、脳裏から追い払えなくなってしまったからだ。

エレーヌが、なかばうずくまるような姿勢で床に膝をついていた。看護婦の前で跪いているのだ。顔は涙に濡れていた。看護婦に何か懇願しているようだった。

その時、看護婦がウラディーミルの方に顔を向けた。ウラディーミルはさっと身を引いた。看護婦はいつもより少し穏やかな顔をしているように見えた。

ウラディーミルはその場を立ち去った。歩きながら、甲板を歩く自分の足音が下に響き、エレーヌはそれで嫌な思いをしているはずだと考えた。

タラップを渡ると、何も考えることなく足がポリトの店に向いた。ウラディーミルはいつもの自分の席のベンチソファにどかりと座った。カウンターの周りには若者たちが群がっていて、そのうちのひとりがリリの腰に触ろうとした。リリはウラディーミルに目をやりながら、その男を押しのけた。

ウラディーミルは酒を頼まなかった。座っていられず、さっと立ち上がると店を出た。だが、外に出ると、ブリニがどこかに潜んでいるのではないかという思いにとらわれ、心が激しくかき乱された。

海岸沿いの通りから、明かりの灯ったサロンの舷窓が見えた。エレーヌはまだ泣いているのだろうか？　前に進むことも、引き返すこともできなかった。暗闇の中、その場にじっととどまって様子をうかがった。

「一杯おごりますよ、船長」トニが声をかけてきた。

「ありがとう、でも、けっこうだ！」

ウラディーミルは船に戻り、甲板の隅に座って耳を澄ませた。

エレーヌの船室の舷窓に明かりが点くのが見えた。だが、看護婦はまだサロンから出ていっていなかった。何分かが経った。もう夜の十一時で、桟橋のカップルたちもまばらになっていた。トニが自分の漁船で口なしと一緒に漁の準備をしていた。

とうとう、サロンのハッチが開いた。看護婦が甲板に姿を現し、あたりを見まわした。船のどこかにウラディーミルがいると確信しているようだった。

「ちょっと来てください」看護婦がとげとげしい口調で言った。

そうして先に立ってタラップを渡ると、桟橋を何歩か進み、あとをついてくるウラディーミルが追いつくのを待っていた。

「今からする質問に答えてください。できる限り正直に」

だが、看護婦はしばらく黙っていた。ウラディーミルは自分に向けられたその厳しい眼差しに驚いた。そこにはエレーヌが自分に向けるのと同じ軽蔑の色が浮かんでいた。

「あなたのお仲間が泥棒だっていうのは本当ですか？」

「なんでそんなことを訊くんだ？」

「いいから答えてください！　怖がることはないんです！　それに絶対に、状況を理解しようとしないでください。何を考えたとしても、どれも全部まちがってますから。ブリニっていう人は、泥棒なんですか？」

「ダイアモンドの指輪があいつの持ち物から見つかったんだ」

「それは知っています！　あなたたち二人が共犯じゃないかと訊いているのではありません」

ウラディーミルは答えなかった。遠くに見える小さな光をじっと見つめた。

「言うことは何もないんですか？」看護婦が返事を迫る。

「俺が？」

「ええ、あなたがです！　でも、もうけっこうです！　今夜は船に泊まりますので、サロンのベッドの用意をしてください」

サロンには予備の簡易ベッドが二台あった。普段は壁に収納されていて、使う時に引き出すタイプのものだ。

二人は船に戻り、ウラディーミルはサロンに下りた。看護婦は甲板に立ったまま、準備ができるのを待っていた。サロンにはエーテルのきついにおいが漂っていた。エレーヌの船室からまだ小さなすすり泣きが聞こえてくるような気がした。

その時エレーヌの声が聞こえた。

「ウラディーミルさん？」

「はい、俺です」

「ブランシュさんはどこですか？」

「じき下りてくると思います」

ウラディーミルはマットレスにシーツを敷いた。ベッドを整えていると、いつの間にか音もなくサロンに下りてきていた看護婦に声をかけられた。

「もうけっこうです。あとは自分でやりますから」

ウラディーミルは出ていこうとした。すると、今度は呼び止められた。

「船で寝るつもりですか？」看護婦が言う。

「ああ、いつもそうしてるから」

「いつもではないでしょう？　ときどきヴィラで寝ると聞いています。今日もそうしてもらえませんか？」

「わかった」

看護婦の話し方に落ち着いた威厳が満ちているのにウラディーミルは驚いた。船を出ていかなければならないと思ったが、ヴィラには行きたくなかった。

船を出ると、夜中の一時までポリトの店にいた。遅くまでいる若者たちのために、ポリトはそんな時間まで店を開けていた。その夜、ウラディーミルはリリが自分に恋していることに気づいたが、嬉しくもなかったし、自尊心がくすぐられることさえなかった。

「馬鹿な娘《こ》だ！」ウラディーミルはつぶやいた。

リリは絶えずウラディーミルを見ながら仕事をし、ウラディーミルが目を上げて彼女を見るとすぐに真っ赤になった。だが、そんなリリの姿を見るのはウラディーミルには嬉しいどころかうっとうしいだけだった。

リリをそんな気持ちにさせるようなことを何かしただろうか？　ウラディーミルはリリの気を引くようなことをした憶えは何もなかった。

ウラディーミルは浴びるように酒を飲んだ。飲まずにはいられなかった。気づいた時には店を出て、ひとり浜辺に立っていた。遠くで足音が聞こえた。海辺には海水浴客が着替えをする小屋が並んでいる。ウラディーミルはそのいくつかのドアを押し、ようやく鍵のかかっていない小屋を見つけると、中に入り、腕を枕にして眠り込んだ。午前三時頃には海風が吹いてきたようで、ウラディーミルは寒さに身を震わせた。波がすぐ近くまで押し寄せているような気がした。

目を覚ますと、鉤付きの道具を持った二人の男性が、大股で浜辺を歩きながら紙くずを集めていた。ウラディーミルが皺くちゃのズボンにぼさぼさの髪で小屋から出ると、二人は驚いたような顔をした。

ウラディーミルははたとある考えにとらわれた。もしかしたらブリニもどこかでこんな暮らしをしているのかもしれない。住むところもなく、毎日偶然見つけた場所で眠っているのかもしれない……。それは、ある日真冬のベルリンで、二人が陥りそうになった状況だった。あの時は同郷の人が家に連れていってくれ、自転車がぎっしり詰まった倉庫で眠らせてくれた。

ポリトの店の前を通ると、ポリトが顔を上げた。目に好奇心を浮かべてこちらを見ている。

「今日は早いじゃないか？　今、ヴィラから来たのかい？」

ウラディーミルは答えなかった。船を見ると、看護婦も起きていた。すでに着替えていて、出かけるところのようだ。看護婦もウラディーミルに気づき、甲板で待っていたようだったが、しばらくするとこちらにやって来た。

「ミモザ館に行ったのですか?」

「いや」

「ではどこで寝たんです?」

「あそこで……」ウラディーミルは浜辺を示して言った。

看護婦はおかしなものでも見るようにウラディーミルを見ると、ため息を吐いた。

「聞いてください……。エレーヌさんの様子を見ていてほしいんです。理由は言えませんが、彼女はなるべく船から出ない方がいいんです」

「まだ寝てるのか?」

「ええ、まだ寝ています。寝かせておいてください。私もまたすぐに様子を見に来ますから」

こう言うと、看護婦は仕事に向かう人のようにしっかりした足取りで早足で歩いていった。

7

ウラディーミルは部屋の片付けをするためにサロンに下りた。無意識のうちに、昨夜看護婦が寝た簡易ベッドに腰を下ろす。枕はまだくぼんでいて、頭の形が残っていた。ふと、枕カバーの上に広がる看護婦の褐色の髪と、睡眠中でさえ緊張の解けないその顔が目に浮かんだ。

すえたにおいがこもっていたので、ウラディーミルは舷窓を開けた。そしてため息を吐きながら立ち上がると、少し前にこの部屋で若い娘が着替えをしたのかと思いながら、掛け布団とシーツをたたんだ。

エレーヌが同じ船の中で寝ていることを考えると、心がかき乱された。また、自分が若い娘のシーツをたたんでいると思うと、漠然とした反感が湧き上がってきた。だが、それはなぜなのだろう?

ウラディーミルは疲れていた。ひげを剃っていないので、もともとひげの濃い顔に無精ひげがかなり目立っていた。

ウラディーミルは再び腰を下ろすとあたりを見まわした。そうして、いつもはまったく感情を見せないエレーヌが、昨夜は知り合って間もない他人の前でなぜあのように泣き崩れたのか、考えようとした。その時、ふいにドアの向こう側から音がして、ウラディーミルはびくっとした。ドアが開いた。

エレーヌが顔をのぞかせ、一瞬、後ずさりするのが見えた。

「あなただったんですね！」エレーヌが言った。

おそらく物音を聞き、看護婦がいると思ってやって来たのだろう。寝間着姿で、髪は乱れていた。

エレーヌはいったん自分の船室に戻ると、ガウンを羽織り、さっと櫛をあててすぐに戻ってきた。

エレーヌがこのような姿を見せたのも、彼女の周りに夜の香りが漂っているのを感じたのも、ウラディーミルには初めてのことだった。

エレーヌは母のジャンヌや、ジョジョやエドナのように、裸足に古いスリッパをつっかけていた。

棚を開けてミネラルウォーターのボトルを取り出す。

「ここで何をしているんですか？」エレーヌがようやく口を開き、物憂げに尋ねた。

「サロンを片付けています」

「ブランシュさんはだいぶ前に帰ったんですか？」

「お帰りになってから一時間は経っていません」

「ありがとう」

最後の言葉は出ていってくれという合図だった。エレーヌはハッチを見た。それはひとりになりたいということをはっきりと示すためだった。ウラディーミルはそれには気づかぬふりをして、そこにとどまり、水のボトルとグラスを見つめた。だが、テーブルにトランプが見えた気がした。ブリニがこちらに、エレーヌがあちらに座っている様子が目に浮かんだ。

〈こうやって《ル・コム・シ》、こうやる《ル・コム・サ》……〉

それから、ウラディーミルはエレーヌの様子をこっそりとうかがった。目には隈ができ、疲れた眼差しをしている。するとエレーヌがいつものように冷たく言った。

「ひとりにしてくださいと頼んだつもりですが」

今度はウラディーミルも立ち上がった。甲板に上がり、柵の上に腰を下ろす。ウラディーミルはたどるべき思考の糸を失っていた。厳密にいえば思考ではない。思考というよりも、ひとつひとつを関連づける印象のようなものだ。座ると同時に、ウラディーミルは無意識に振り返り、ブリニがここにいてこちらの様子をうかがっていないかどうか確かめた。

今日は何曜日だろうかとウラディーミルは考えた。火曜日だ。ということは、ジャンヌの夫のパプリエ氏が週に一度やって来る日だ。ヴィラに行けば、白い服にパナマ帽をかぶったその姿を目にすることだろう。言葉少なくあまり動かないパプリエ氏は、まるで人生で使える言葉や動きの量が限られていて、残されたその量を正確に知り、無駄なことは極力しないでいるかのように見えた。

パプリエ氏は昼食を終えたらニースに戻り、日課の散歩のあと、クラブに新聞を読みに行くはずだ。だが、ウラディーミルはヴィラに残り、ジャンヌの機嫌がどんなに悪くても、それに付き合わなければならないのだ！

ウラディーミルは身も心も疲れ果てていた。そろそろ着替えなければ、とつぶやきながらハッチを見るが、とてもそんな元気は出なかった。

今ではウラディーミルにもはっきりとわかっていた。自分が過去に何をしてきたかはどうでもいい。自分は使用人に成り下がってしまったが、それは自分のせいではない。ジャンヌ・パプリエにへつらうこともあったが、それは生きていかなければならなかったからだ。愛人の役割を演じたのは、それがここに居座る唯一の方法だったからだ……。

酒を飲むのは、このすべてのせいだ。冷静さを失った頭で、それを考えるためなのだ。

たったひとつ、どうでもいいとは言えないことがあった。決して自分を許せないことがひとつあった。それは、ブリニのことだ。

だが、今となっては、自分がどうしてあんなことをしたのかさえはっきりとはわからない。ウラディーミルはぼんやりとハッチを見つづけていた。ブリニとロシア語で話したかった。あの子どもっぽい大きな笑顔に会いたかった……。

「ウラディーミルさん！」

急に呼ばれて、ウラディーミルはびくっとした。あたりを見まわすと、エレーヌがサロンのハッチから顔をのぞかせていた。その顔色がひどく青白いのにウラディーミルは驚いた。先ほどサロンにいた時にはほとんど気づかなかったが、日差しの当たったその顔はひどく憔悴しており、ウラディーミルは茫然とした。

「ちょっと下りてきてもらえませんか？」

ウラディーミルはエレーヌのあとについてサロンに入った。エレーヌが座らないのでウラディーミルも立っていると、険しい声が飛んできた。

「座ってください！」

「でも……」

「座ってくださいと言っているんですから、早く座ってください」エレーヌがいらいらしたように言った。「立っていられたら、話しにくくてしょうがありません」

その声の調子はいつもとちがっていた。手にはハンカチを持ち、ひねくっている。

「お金、お好きですよね？」ウラディーミルの顔も見ず、エレーヌは突然こんなことを言った。

ウラディーミルは作り笑いを浮かべることさえできなかった。あまりにも思いがけない言葉だった。自分は金に関心がないだけでなく、金を持っているという感覚を持ったことも一度もなかった。あまりにも興味がないために、たとえば腕時計さえ持っていないほどだった。買って身に着けたことも二度あるが、二度とも、喉が渇いた日にビストロに酒代の代わりに置いてきてしまった。

「わたしの言うことを聞いてほしいんです……」エレーヌが続けた。

そうして、とうとうウラディーミルの方に顔を向けたが、その顔は、もはや一滴の血も流れていないのかと思うほど青白かった。

「あなたが必要なんです！　ハッチを閉めてください」

ウラディーミルはハッチを閉めた。戻っても、座るのを忘れて茫然と立っていた。

「座ってください！」

目の前にいるのはもうエレーヌではなかった。一瞬、ウラディーミルは彼女の頭がおかしくなったのではないかと思った。そして、看護婦が言っていたのはこのことか、と考えた。エレーヌはとぎれとぎれに声を絞り出していた。ひとつひとつの言葉や文章を口にする前にいちいちためらっているようだったが、今にも錯乱せんばかりに興奮していた。

「すべて済んだら、まとまった金額をお渡ししますので、ここから出ていってください。お金は持っています。父が残してくれたものです」

そらは言いながら、エレーヌは決定的な言葉にたどり着くのを先延ばししているかのように見えた。自分でコップに注いだ水を飲むのも忘れているほどだった。

「あなたは大人の男の人です……。女には難しくても、男の人なら簡単だということがあります……。看護婦のブランシュさんには断られてしまったんですが……」

外で、誰かがボートのエンジンをかけていた。最初はキュルキュルというクランキング音が聞こえたが、そのうちにブーンという規則的なエンジン音へと変わっていった。

「ウラディーミルさん。お願いしたいのは……。お医者様を見つけてほしいんです。引き受けてくれるお医者様を……」

ウラディーミルは思わず立ち上がった。喉が締めつけられる思いがした。エレーヌはそっけない口調で言った。その声は以前にウラディーミルを侮辱した時と同じ冷ややかさに満ちていた。

「わたし、妊娠してるんです！　これでおわかりでしょう！」

ウラディーミルは動くこともできず、ただ茫然としていた。きっとおかしな顔をしていたにちがいない。なぜなら、エレーヌがこう訊いてきたからだ。

「驚きました？」

そう問いかけるエレーヌは、友人として話しているのではなかった。今の告白は、信頼のしるしとは正反対のものだ！　エレーヌは俺を軽蔑している。ウラディーミルは思った。最初に金のことを言ったのがその証拠だ。俺が恥にまみれた男だと思っているから、俺の前なら、自分の恥に対する苦しみが少しでも軽くなると思っているのではないか？　それが彼女の考えだ。まちがいない。

「お願いしたいこと、わかりました？　この子どもは生まれてはいけないの！　さもなければ、わたしが死にます。自殺して、わたしがこの子を殺します。その方面の専門の産婆さんがいると聞いています。調べてください。そして、必要なことをしてください」

エレーヌは泣いてはいなかった。だが、今にも粉々に砕けてしまいそうだった。自らに力を与えるために、彼女はテーブルの周りを歩きまわっていた。ウラディーミルはそんな彼女から目が離せなかった。

「わかりました？」ウラディーミルが何も言わないので、エレーヌは取り乱してもう一度言った。

「答えてください！」

「お嬢さん……」ウラディーミルはぼそぼそと言った。

「お嬢さんって……。だから何よ？　わたしの言うことをまじめに聞いてないの？」

ちがう！　ウラディーミルは息が詰まりそうだった。テーブルを見ると、そこにまたトランプが見え、ブリニの笑い声が聞こえた気がした。

「お願いしたことをやってもらえるの？　ご承知のとおり、このことは他言無用よ。わたしだけでなく、あなたにも得になる話だと思うわ。さあ、受け取って！」

エレーヌはすでに金を用意していた。引き出しから五千フランを出し、ウラディーミルに差し出す。

「前金として……」

だが突然、ウラディーミルは肘をテーブルにつき、両手で顔を覆った。目から涙がとめどなくあふれてくる。人生で、今この瞬間ほどみじめな気持ちになったことはなかった。人間のとてつもなく悲惨な状態の、さらにどん底に陥った気がした。とてもじゃないが、エレーヌの顔など見られない。そんな様子を見て、エレーヌはいら立ちを隠さず、命じるように言った。

「お願いだから落ち着いてください！　こういう騒ぎは好きじゃないの」

その言葉に従いたかった。だが、涙が止まらない。ウラディーミルはロシア語で、エレーヌにはわからない言葉を繰り返した。

「ウラディーミルさん、わたしの言うことを聞いているの？」

ウラディーミルが涙を拭い、真っ赤な顔を上げられるようになるまでには、さらに長い時間がかかった。エレーヌから顔を背けながら、ようやくぼそぼそと言った。

「ブリニの？」

「ええ、あなたのお友だちのね！」憎々しげにエレーヌが言う。「終わったら、あの人を見つけて、全部言っていいわ……」

ウラディーミルはサロンを出ていこうとした。紙幣をテーブルの上に残し、返事もしなかった。出ていこうとしたのは、いたたまれなかったからだ。

「ウラディーミルさん！」

「はい……」

「任せていいのね？　わたしの言うことをよく聞いて、はったりを言っているんじゃないってわかってください。助けてくれなければ、いつか港でわたしを海から引き上げることになるのよ」

「はい……」自分が何を言っているかもわからず、ウラディーミルは返事を繰り返した。

「やってくれるのね？」

ウラディーミルは答えなかった。それでも、紙幣をつかみ、無意識に布のズボンのポケットに入れた。甲板に上がると、明るい太陽に驚き、始まった朝の活気や浜辺の人々の多さに驚いた。

「ここにいたの？」後ろから声がした。

振り向くと、水着姿のエドナが立っていた。素足にサンダルを履き、爪にはマニキュアが塗られている。

「ねえ、ウラディーミルさん、モーターボートでどこかに連れていってくれない？　その辺を回ってほしいんだけど」

「だめだ！」

「どうかしたの？　泣いていたようだけど」

「泣いてなんかいない！」ウラディーミルは怒って声を荒らげた。

それから乗組員室に下り、ハッチを閉めた。ウラディーミルは薄い闇に包まれた。

ブリニのことを考えると怒りがこみ上げてきた。たまたま近くにあったセーターをつかんで引き裂くと、ベッドに身を投げた。そうして、ロシア語で何か言いながら、再び泣きはじめた……。ふとポケットに何かごわごわしたものがあるのに気がついた。さっきの紙幣だ！

自分は何も気づかなかった！　エレーヌとブリニを二人でサロンに残して外出し、二人がトランプをしているか、子どもがおままごとをするように食事の支度をしているとばかり思い込んでいた。夜、戻ってくるとブリニはいつも自分のベッドにいたので、まさか、その前に何かしているとは思いもしなかった……。

「船長！　ねえ、船長ってば！」

今度はトニだ。今朝、モーターボートを使うか訊きたいという。ウラディーミルは赤い目のまま甲板に上がった。エドナが甲板室に腰かけていた。

「お嬢さんに何かあったの？」エドナがサロンを指して尋ねた。「誰にも会いたくないって叫びながらわたしの目の前で入り口をバタンと閉めたのよ。ところで、ウラディーミルさんはヴィラにはいらっしゃらないの？」

ウラディーミルはどうしたらいいかわからずにいた。着替えはしたが、ひげは剃っていない。もちろん、ヴィラに行ったっていい。だが、行ったとしても、そこで何をしたらいいかわからなかった。それでも、ヴィラに行こうとタラップに足を踏み入れようとしたちょうどその時、サロンのハッチが再び開いた。

「ウラディーミルさん！」

ウラディーミルはエレーヌのもとに急いで戻っていった。エレーヌは朝と同じ服のまま、やはり同じようにやつれ、強ばった顔をしていた。

「当てにしていいんですね？」

彼女を落ち着かせるために、ウラディーミルはうなずいた。だが、本当のところは自分でもわからなかった。まだ考えていなかった。

「けっこうです！　約束を守らなかった時は、その時には……」

エドナは波止場で待っていた。ここには車で来ていた。ポリトの店のテラスにリリの姿が見え、ウラディーミルはその笑顔にげんなりとした。

「昨夜はずいぶん飲んだの？」ウラディーミルの顔をのぞき込みながらエドナが言った。

「たぶんな」

「そんなに飲んではいけないわ。いつか病気になってしまう！」今まで病気になったことはないの？」

「ないさ！」

車が発車した。二人は関心のなさそうなデジレの背中を見つめた。

「わたしはあるわ。盲腸の手術をしたの」

ウラディーミルは凶暴な目つきでエドナを見た。なぜ、今、こんな時に、手術の話などするのだろう。

「ストックホルムで一番の外科医に手術してもらったの。そうでなければあと少しで……」

「黙っててくれ！」

何もかもが我慢できなかった。エドナも、デジレも、今、向かっているヴィラも。ジャンヌの座る長椅子に突進し、彼女を揺さぶりながら、こう叫びそうな気がした。

「恥ずかしくないのか、ええ？　見ろ、こうなったのはおまえのせいだ！」

ヴィラに着くと、太陽がほぼ真上から庭に照りつけていた。今年はこれまでにないほど多くの花が咲いている。手押し車で運んできた腐植土を、庭師が花壇に広げていた。入り口の傘立てを見ると、パプリエ氏の杖があった。

ウラディーミルは階段を上がった。長椅子が二階のバルコニーに運ばれていて、そこにジャンヌが腰かけ、隣にはタッサーシルクの三つ揃えを着たパプリエ氏が座っていた。

「何かあったの、ウラディーミル？」ウラディーミルの姿を見ると、すぐにジャンヌが訊いた。

「何も！」

ジャンヌはウラディーミルのことを探るようにじっと見つめた。パプリエ氏の方はさっと軽い会釈だけをしてきた。

「何か隠しているでしょう？　何があったの？」

「本当に何もないよ」

「嘘。あなたはブリニ以上に嘘が下手なんだから。でも、すぐに白状してもらうわ……。ブランシュさんに言って、誰かにシャンパンを持ってこさせてちょうだい」

ここに来てからまだ看護婦の姿は見ていなかった。浴室にいるのを見つけて声をかけると、彼女もウラディーミルのむくんだ顔やぼんやりとした目に驚いたようで、好奇心に満ちた目を向けてきた。

「何かあったんですか？」

「何も！　奥様にシャンパンをお持ちしろとのことだ」

来るべきではなかった。ただそれだけだ！　どこでもいいからどこかにじっと座っているべきだった。そこから一歩も動かず、もう何も考えずにいるべきだったのだ。バルコニーに戻る気力もなかったが、かと言って、一階に下りてエドナに会うのも、船に戻るのも嫌だった。ポリトの店にこもって、カウンターのそばで飲むのも嫌だった。

何もかもが嫌でたまらなかった。ジャンヌ・パプリエに由来するすべてのことが嫌だった。寝室にいると、バルコニーで夫に話すジャンヌの声が聞こえてきた。

「そのあと、パリに二週間ほどいなければならないの……。ねえ、ウラディーミル！」

ウラディーミルはジャンヌのそばに行った。

「シャンパンを頼んでくれた？」

そう言ったあと、ジャンヌは夫とウラディーミルの二人に向かって言った。

「あの人はいい看護婦だけど、ラバのように頑固なのよ。自分はわたしの看護に来ているんで使用人じゃないと言って、最初はお酒を持ってこさせることも断って、ベルを鳴らしてメイドを呼んでいたんだから」

「その後、お友だちの消息はお聞きでないですかな？」パプリエ氏が礼儀上尋ねてきた。

パプリエ氏は誰に対しても信じがたいほど愛想がよかった。だがその言葉は、表面上は優しげだがぱっとしないものだった。

「ウラディーミルのことは放っておいてちょうだい！　何があったか知らないけど、あとで突き止めるわ。ところで、娘は船にいるの？」

「はい」

足を怪我してからジャンヌはさらに太っていた。こんな風に長椅子に寝そべっていると、あごは三重になり、背は実際よりもさらに低く、ずんぐりしているように見えた。

メイドがシャンパンをお盆に載せて持ってきた。

「あなたたちも飲む?」

ウラディーミルもパプリエ氏も断った。二人はジャンヌが飲むのをただ待った。ジャンヌといると、いつも待つことになる。彼女はしゃべることもすることもなく、退屈していた。もしもバルコニーから下に目をやったなら、庭には花が咲き乱れ、ヤシやフランスカイガンショウの緑が広がっているのを楽しめたことだろう。その木々の葉のすきまからは、坂の下に広がる鏡のような滑らかな海がのぞいている。

だが、ジャンヌはこうした景色を見ることもなく、上半身を起こし、ついた肘で頭を支えて酒を飲んでいる。ウラディーミルはその様子をじっと見ていた。そして、今度ははっきりとわかった。自分をとらえているのは憎しみなのだと……。

「どこに行くの?」

「どこにも行かないよ!」ウラディーミルは振り返らずに言った。

行くところはなかった。ウラディーミルはカンヌの通りをさまよい、自分を知る者のいないバーに入った。バーの中からは駅が見え、ウラディーミルは気がついた。ブリニが汽車を待っている駅のべンチのイメージを脳裏に焼きつけるためには、ホームに行かなければならない。

そこは、土曜日にエドナの婚約者を迎えに来た駅でもあった。婚約者は土産にボンボンを携え、エドナに会えるという感激に身を震わせながら列車を降りてきた。そして翌日の夜、毎晩寝る前の十分間、少なくとも眠りに落ちるまでの間、ぼくのことを考えて、とエドナに約束させて帰っていった。

「まったく、愚かで哀れなやつだな！」ウラディーミルは口の中で悪態をついた。

あの若者は、帰ったら母親に何を話すのだろう？　エドナは知性あふれる娘だとでも言うのだろうか？　ほかに並ぶ者のない、素晴らしい女性だとでも言うのだろうか？

ジャンヌがあの男を見る目、特にあの男がエドナに言い寄る姿を見ている時の顔は見ものだった！　笑うことさえ疎ましいようだった。まるで「見てごらんなさいよ。あの男より愚かな動物がいるもんですか」と言っているようだった。

おまけに、あの男は無邪気だった。生きる情熱があった。幸せを求める気持ちにあふれていた。駅に着くやいなや、あの哀れな男は空気のにおいをかぎ、なかば目をつぶってため息まじりにこう言った。

「天国の花々の香りがします」

なんということだ！　ウラディーミルはまったく我慢ならなかった。あの女もそうだ！　そうだ、ジャンヌ・パプリエだ。ウラディーミルは、今やジャンヌも憎くてたまらなかった。すべての元凶はジャンヌだからだ！　自分の考えをはっきり言葉にすることはできなかったが、ウラディーミルには、ジャンヌの触れるものすべてが濁って見えた。

ウラディーミルは、ブリニと二人でジャンヌに雇われた時のことに思いを馳せた。それまでは、何年も極貧生活をしてきた。空腹に苦しむこともよくあった……。それが突然、豊かさに囲まれた地上の楽園にいることに気づいたのだ。

〈ぼくのちいさなかわいいふね……〉

エドナの婚約者がコート・ダジュールのかぐわしい香りを吸い込むように、ブリニはこの船を慈しんだ。船体を紙やすりで磨き、艶出しをし、ペンキを塗った。まるで《エレクトラ号》がきれいになっていることが、ブリニ自身にとってきわめて重要なことであるかのように……。

ブリニは日中を船で過ごし、ミストラルの吹く季節には夜中に起き出して、もやい綱がしっかりつながれているか見に行った。船から海に飛び込むために汚い靴で甲板に上ろうとする子どもたちがいれば、いつも船から追い払っていた。

かつての自分もそうだったではないか……。

すべてを台無しにし、腐らせたのはあの女だ。そして今、俺は下を向き、目的もなく、行く当てもなく、海岸を歩いている……。

かわいそうなエレーヌ！　あの娘《こ》は、まだ何かを信じている。だから看護婦の足元に身を投げ出したのだ。そしてこの俺の前に自分の恥をさらすことに顔を強ばらせていたのだ。

自分の恥……。数年したら、あの娘《こ》は、そうは考えなくなるのではないだろうか？　あの娘《こ》もほかの女と同じようになり、母親のジャンヌのようになるのではないだろうか……。

ウラディーミルは海岸を歩いた。大勢の人がいたが、誰のことも見なかった。ひとつの考えが少しずつ頭の中に入り込んできた。それは考えというよりも、むしろ願いだった。

まだ、間に合うのではないだろうか？　まだ、この状況から抜け出せるのではないだろうか……。ブリニを見つけよう。見つけられないことはないはずだ。そして、《エレクトラ号》のこともジャンヌ・パプリエのことも知らなかったかのように、二人でまた放浪生活を始めればいい。

おそらく、もうシャンパンもウィスキーも飲めなくなるだろう。けれども日曜の朝には二人で街を散歩して――どんな街だっていい――市場の人たちと交ざり合い、映画を見ようかどうしようかと考える日が送れるのだ……。

二人の部屋のテーブルには、二人で初めて節約して買った、あの古い蓄音機を置こう……。

そう考えると胸がうずいた。今すぐ出発してトゥーロンにブリニを捜しにいこう！　ウラディーミルはいてもたってもいられなかった。

まるで、ブリニがトゥーロンで待っていてくれるかのように、胸が高鳴った。

だが、自分のしたことを思い出し、ウラディーミルの心は沈んだ。ブリニに会ったら、もう嘘をつかず、洗いざらいぶちまけよう。

「おまえに嫉妬していたんだ。わかるか？　あんな汚れた世界にずっといながら、おまえは汚れることなく生きていた。おまえはまだくったくなく大声で笑うことができる。俺を見て目に軽蔑とおそらく嫌悪を浮かべた娘が、すぐにおまえのところに行ったのがその証拠だ。それはその娘《こ》にはすぐにわかったからなんだ。おまえの心がその娘《こ》と同じように清らかだってことが……」

考えながら、ウラディーミルの体は震えた。一瞬、幻覚にもてあそばれたような気がした。気がつくと、船の前に来ていた。エレーヌが甲板のデッキチェアに座り、いつものように膝に本を載せて読んでいる姿が見えた。

その様子は、まるで何事もなかったかのように見えた。エレーヌが看護婦の前で恥をしのんで告白したことも、ウラディーミルに命じた恐ろしい仕事も、なかったかのようだった。

ウラディーミルはタラップを駆け上がった。その音を耳にしたエレーヌが、振り返ることもなく小さな声で言った。

「どうでした?」

「何も……」

「わたしが言ったことをやってくれなかったんですか?」

「まだです……」

もう、するつもりはなかった。だが、自分と彼女を近づけている協定を破らないように、ウラディーミルは嘘をついた。

「情報を集めはじめたところです」

「難しいことじゃないはずです!」エレーヌがすかさず言った。

ウラディーミルはその声の響きに耳を傾けた。そこにあるのは苦しみや絶望の響きだけだろうか。もしかしたら、彼女も自分と同じように、新たな希望のある世界を見つけたのではないだろうか……。

「何か食べるものを買ってきましょうか?」

ブリニがやっていたように、彼女のために、買い物袋を持って市場に買い物に行きたかった。

「もう自分で買い物をしてきました」

「本当に何も必要ないですか？」

「ええ」

エレーヌは本を読んでいた。ただ読むふりをしていたのかもしれない。朝の告白は、彼女にとってはウラディーミルと彼女を親しくさせるものではなかった。その逆だった。ウラディーミルを選んだのは、彼女と最もかけ離れた存在だったからだ。ウラディーミルにすべてを話せたのは、彼女にとってまったく重要ではない男だったからなのだ。

ウラディーミルは船室に下りていった。その少しあと、デッキに足音が聞こえた。ハッチから頭をのぞかせてあたりをうかがうと、看護婦のブランシュが来ていた。

ブランシュは興奮していた。甲板室に腰かけてエレーヌと向き合い、声を落として何かを訊いていた。エレーヌは落ち着いているように見えたが、じっと本の上に目を落としていた。

ブランシュはエレーヌが意外にも落ち着いているのにかえって強い危惧を抱いたのか、その理由を探すかのようにきょろきょろとあたりを見まわしていたが、とうとう、ウラディーミルに気がついた。ウラディーミルは頭を引っ込めた。

ポリトの店に行こうと思った時には、すでに正午をだいぶ過ぎていた。エレーヌはもう甲板から姿を消していたが、船から出たわけではなく、サロンで食事の準備をしているようだった。みな食事に行っているのか、波止場には人気がなかった。

ウラディーミルはもう看護婦のことは忘れていたが、店の中を進んでいくと、誰かを待つようにして隅に座っているその姿に気がついた。

「ウラディーミルさん」

呼ばれてそのそばに座ると、ウラディーミルは肩をすくめた。二人が待ち合わせをしていたと思い込んだリリが、悲しげな目を向けてきたからだ。

「本当のことを言ってください。あの人は、あなたに話したんですか？」

「どうしてそんな風に思うんだ？」

「嘘をつかないでください。朝、わたしがあの人と話したあとに何かがあったにちがいありません。あの人の様子が朝とはまったくちがうんです」

彼女は探るような様子でこちらを見た。ここにもひとり、ウラディーミルを軽蔑している娘がいた。

「何が言いたいのかわからない」

「本当に？　では、本当に、あの人はあなたに何も頼まなかったし、あなたも何も引き受けていないんですね？」

看護婦は脅すような顔で言った。

「わからない。何を言っているんだ」

「そうだといいんですが。それは、あなたにとってってことですよ。もしそんなことをしたらあなたは……」

そう言うと、彼女は立ち上がった。

「言いたいことはそれだけです。ご存じないというのなら、それはそれでけっこうなことです。でしたら、この話は忘れてください。そして、特に、誰にも言わないようにしてください。ですが目を見ればわかります。嘘をついているって……」

看護婦は出ていった。店内の人々はあっけにとられてその姿を見送った。ただ飲み食いすることしか考えないはずの場所で、その姿はあまりにもいかめしく見えた。

「何を召し上がります？」リリが訊いてきた。「今日の料理はトリップ[14]です」

馬鹿な娘だ、とウラディーミルは心の中でつぶやいた。

リリは厨房に戻り、涙を流した。

14　牛の胃を使った料理。

8

「ウラディーミルさん！」

デジレは呼んだ。だが、その顔が筋ひとつも動かないので、さらに大きな声を出した。

「ウラディーミルさん！　おい、ウラディーミルさんてば！」

四度呼んだところで、ようやく眠りから覚めたのか、その体がかすかに動いた。「ウラディーミルさん！」

ウラディーミルの赤く腫れぼったい顔に汗が光っていた。まぶたがゆっくりと上がって目が開いたが、まだぼうっとしたような顔で、ハッチのそばにしゃがんだデジレをしばらく見ていた。

「どうしたんだ？」ウラディーミルはぼそぼそと言った。

「奥様がお呼びです」

ウラディーミルはまだはっきり目覚めてはいなかった。寝返りを打って壁の方を向き、体を丸めて大きく息を吐くと、また目をつぶった。

「なあ、ウラディーミルさんてば！」

ウラディーミルはいきなり上半身を起こすと、ベッドに座ったまま顔をこすった。

「今、何時だい？」

「五時十分です」

「五時十分？　いつの？」

ウラディーミルはわけのわからないままこう訊いた。デジレに笑われたが、意味がわからなかった。

「まったく、あんたって人は！　本当によく眠ってたんですね！　まだ日は変わってません。午後の五時十分ですよ。さあ、急いでください。奥様は酔って荒れていらっしゃる。せめて今夜はヴィラで寝てもらえませんか」

ウラディーミルがぶつぶつ言いつつ承諾すると、デジレは向こうに行き、ハッチの上にまた空の色が見えた。午後の五時十分！　つまり、海辺の小屋で、強ばった体で震えながら目覚めたのと同じ日ということだ。

そのあと、看護婦のベッドや彼女のすえたにおいのするシーツを片付けて……。

それから、エレーヌにあの話を聞いたのだ……。

いずれにせよ、今日は火曜日だ。タッサーシルクの三つ揃えを着たパプリエ氏のいる日で、それに、ポリトの店でトリップが出される日だ！

デジレはウラディーミルがずっと眠っていたと思ったが、それはちがっていた。ウラディーミルが眠っていたのは、起きる直前の数分だけだった。それまでの間は目をつぶってはいたが、四角いハッチから入る光を感じ、心は別の景色の中をさまよっていた。それは幼い頃、同じように照りつける太陽の下、熱い体で昼寝をしていたある日のことだった。インフルエンザにかかっていたウラディーミルは、炎天下の庭で顔に陽が当たったまま眠り込んでしまった。そこに母さんが駆け寄ってきて、抱いて運んでくれたのだった……。

頬に手をすべらせると、ひげを剃っていないことに気づいたが、今から剃る気力は起きなかった。かろうじてできるのは着替えくらいだ。ウラディーミルはエスパドリーユ[15]を履き、すでに皺の寄っている白いズボンと縞模様のセーターを身に着けた。

昼寝をしても、今日は休まるどころか疲れが増しただけだった。胃はむかつき、手足は強ばっていた。

甲板に足音がした。デジレが戻ってきたのだ。

「奥様にどやしつけられます」心配そうな声で言う。

「今行くよ！」

何かが起ころうとしていた。今、この時は、ウラディーミルにとってそうした重要な意味を持つ最後の時だった。だが、今のウラディーミルにはまだそのことはわかっていなかった。甲板に上がると目でエレーヌを捜したが、デッキチェアの上には本が置かれているだけで、彼女の姿はなかった。だが、サロンから声が聞こえた。身をかがめると、見えたのはまた看護婦だった。ウラディーミルはその場を去った。

「待っててくれ！　一杯飲まなきゃ無理だ！」

ポリトの店に行くと、助役もちょうど来ていた。ウラディーミルはウィスキーを注文した。

「……ところで、まだお友だちの書類が出ていないんだが……。転居の手続きをするのに、新しい住所が必要なんだ」

ウラディーミルは、こうした会話はもうすべて意味のない無駄話でしかないと予期していたかのように、静かに助役を見た。

「便りはないのかね？」

「ああ」ウラディーミルはリリを見ながら、頭を軽く縦に振って答えた。今日は外出日なので、リリはいつもの黒いワンピースではなく色物の服を着ていた。

ウラディーミルはリリが泣いていたことを知っていた。自分のために泣くなんて、まったく愚かな娘だ、と思った。リリは鏡の前で帽子を直しながら、わざと悲しげな表情をした。まるで海に飛び込んで、彼女も自殺するかのように……。

「ウィスキーをもう一杯くれ」

その時、デジレがジャンヌの命令を思い出させるようにクラクションを鳴らした。ウラディーミルは店を出て助手席に座った。ふとバックミラーに自分の顔が映り、青い目がこれまでにないほど薄く、ほぼ透明に見えることに気がついた。

「奥様が看護婦を追い出したのは知ってます？」デジレが言い、車は走り出した。

海岸を左手に見ながら車は進んだ。滑らかできらきら光る海に、海水浴客の頭が点々と見えた。

「どうして？」

15　底が麻縄で編まれた布製の靴。

「奥様の許可を得ないで昼に外出したからです。奥様はまたノヴェナを始めますよ」

先ほど見た記憶のかけらがまぶたの裏に焼きついていた。コンスタンティノープルの香辛料の香りがまだ漂っているような気がして、ウラディーミルはあの地方の地酒のラクを飲みたくなった。だが、カンヌにはそんなものはないことはわかっていた。

車はヴィラの外付き階段の前に停まった。

「あら、お早いお越しとは言えないわね！」ジャンヌがバルコニーから大声で言った。

ウラディーミルは階段をゆっくりと上っていった。

「今まで何をしてたの？」ジャンヌが酒で潤んだ目でウラディーミルをじっと見た。

「寝てました」

「じゃあ、みんな寝てるってこと？　エドナもよ。昼食のあと、一、二杯飲んだだけでベッドにもぐりこんでしまったの！　さあ、座って！　ウィスキーを一杯ちょうだい」

必要なものはすべてテーブルの上にあった。ウィスキー、氷入れ、炭酸水のサイフォン瓶……。ジャンヌは昼寝のあとだったのか、朝に会った時には整っていた髪が乱れていた。ガウンの胸元がはだけ、中から悪趣味なピンクのネグリジェがのぞいている。ギプスで重くなった左足は、足掛け台に載せられていた。

「どうしたのよ？」ウラディーミルの様子を見てジャンヌが言った。

「俺が？　何も……」

「ねえ、ウラディーミル、わたし、もううんざりなの。だって、みんながわたしに意地悪をするんだもの。お昼にはしかたなく看護婦を馘にしたのよ。わたしに無断でしょっちゅう外出するものだから……。それにエドナはね、あなただから言うけど、あの女はあばずれよ！　この前あの女を追い出したのは正解だったわ」

　ウラディーミルはジャンヌの言葉をろくに聞いてはいなかった。だが、そのしゃがれた声の響きにはこのヴィラの雰囲気の清らかさを脅かすものがあり、それに注意が引かれた。

　このヴィラには、今夜のように、空の色、空気の味わいや密度、そして生活のリズムにいたるまで、すべてが素晴らしいたぐいまれな夜がときどき訪れる。

　遠くの水平線に見える海は青というより銀緑色で、近くのヴィラの庭々は静かにかぐわしい安らぎを放っている。

　街の方では汽車の濃い煙がたなびき、あえぐような音が聞こえる。駅には今から出発する汽車が停まっている。ウラディーミルはその音に辛抱できず、とにかく動き出してくれといたたまれない思いで待っていた。

「ねえ、こんなことが続いたら、どうなると思う？　全員を追い出してやるのよ！　そうよ！　いつかそうしてやるわ。そうなったら、わたしは老婆のようにひとりで暮らすわ。そうよ、一緒に暮らすのは小型犬とオウムだけでいいわ」

　何か言う代わりに、ウラディーミルは黙ってジャンヌをじっと見た。なるほどという気がした。

　ジャンヌはすでに老婆と言ってよかった。金持ちであるということを除けば、ほかにジャンヌをその辺のばあさんと区別するものがあるだろうか？　汚い家に住み、ひとりでトランプ占いをし、疥癬にかかった猫に餌をやり、ひとり粗末な布団の上で酔いつぶれるまで酒を飲む、孤独なばあさんと……。

「犬とオウムと暮らすわたしを想像できる？　ねえ、ウラディーミル」ジャンヌが笑おうとしながら大きな声で言った。

ジャンヌは今、自分が描いた未来に怯えていた。それは遠い未来のはずだったのに、あまりにも身近に感じた。とりわけ、ウラディーミルが「そんなことはないさ」と言ってくれないことで、恐怖が増してきた。

「何も言わないの？　でもね、わたしがそんなことになる時には、あなたもそうなっているってことを忘れないでちょうだいね！　そうよ、あなただってそうなんだから！　そんな透き通るような、素直な目をする必要はないわ。さあ、もう一杯注いでちょうだい！」

自分の目に浮かぶ恐れをウラディーミルに悟られたくなくて、ジャンヌは外に視線を向けた。だが、景色を見る気にはならなかった。庭師が熊手で砂利を敷いた小道を掃除しているのが見えた。

「庭師にやめるように言って。あの音、神経に触るわ」

ウラディーミルは欄干から身を乗り出して、大声で庭師にそれを伝えた。年老いた庭師は気にした様子もなく、いったん手を止めると、今度は手押し車に向かって何かしはじめた。庭師が何をしているのかはわかったためしがない。庭師自身、わかっているのかあやしい。ある時は植え込みの土を引っかき、ある時は手押し車で植木鉢を運んでいる……。と、ジャンヌが言った。

「座ってよ。そんな風に立っていられると、いらいらするの。わからない？」

昼寝のせいでジャンヌも胃がむかむかしているようだった。ウィスキーを一口飲み込むごとに顔をゆがめる。

「昨日の夜は何をしていたの？」

「何も」

「わたしに言いたくないってわけ？　カフェの小娘とのこと、わたしが気づいてないと思ってるの？」

ウラディーミルは冷たく皮肉な笑みを浮かべた。

「わたしが妬いてるなんて思わないでよ。若い娘を追いかけたって別にかまわないわ。それでもあなたはどうしたってわたしのところに戻らずにはいられないんだから……。そうじゃないって言ってごらんなさいよ！」

そうじゃないさ！　声には出さなかったが、ウラディーミルはジャンヌに目でそう言った。その目つきにジャンヌははっと息をのみ、話を変えた。

「夫が今朝なんて言ったと思う？　あの人はね、あの優しい声で静かに言ったのよ。『おまえもよくわかっておかなくちゃいけないよ、ジャンヌ。おまえは確かに私より若い。だが、何年か経てば、おまえも年をとるんだ。そしてひとりぼっちになるんだよ』って……」

ウラディーミルは黙ったままジャンヌを見ていた。

「だからこう言ってやったの『いいわ』って。『わたしにはウラディーミルがいるもの。残りの人生、わたしたちは二人で飲んだりけんかしたりして過ごすの』って」

ウラディーミルは煙草に火を点けると、海に視線を走らせた。

今日は午後の白昼夢がまとわりついてくるのはなぜだろう？　ウラディーミルは赤みがかった石のバルコニーで、ジャンヌの隣に座っていた。今日ほど彼女を醜く感じたことはなかった。ジャンヌの話を聞いているつもりでも、心は様々なところに飛んでいた。まず、モスクワのギムナージヤ……。ある日の休み時間、熱い石の上に大の字になり、テントウムシが動きまわるさまをずっと眺めていた……。そして《エレクトラ号》の上。そこではエレーヌがデッキチェアに座り、その膝に置かれた本がまばゆい白さを放っていた……。それからまたコンスタンティノープルの、ブリニと一緒にそぞろ歩いたガタつく敷石の細い道……。ある春の朝に二人で着いたパリ。そのビストロで、生まれて初めてクロワッサンというものを食べた。ビストロが十万軒あろうとも、その店は見分けることができる……。

ジャンヌの声は続いた。

「わたしの祖父はね、年をとると肘掛椅子から離れられなくなったらしいの。だから毎晩、兄たちがベッドに運んでいたわ。けれど祖父は兄たちのことを憎むようになった。なぜかと言うと、兄たちが必要だったからよ。兄たちが結婚して家を出ていくのを病的なほど恐れていたわ。だって、そうなったら、みんなに放っておかれて肘掛椅子で死ぬことになるからよ。祖父はそう思い込んでいたの」

こう言ってジャンヌは笑った。そして酒を一口飲んだ。

「だけど、あなたは結婚なんてしないでしょう。臆病で、そんなことはできないもの。臆病だから、ここに残るために、なんのためらいもなく、友だちのブリニを犠牲にしたのよ。いったい何があったの？　責めてるんじゃないわ！　あれは、この生活でただひとつ下した決断なんでしょうから……」

ウラディーミルは立ち上がった。

「ちょっと、どこに行くのよ？」

「どこにも行かないさ」

そう言って、自分のグラスに酒を注いだ。ジャンヌを黙らせようともしなかった。彼女は話しつづけるつもりのようだった。細部についてもっと自分の推測を話したいのだろう。

ウラディーミルの目はあいかわらずとても明るく、今朝、人気のない寒い浜辺で起きた時に見た海のように青かった。

この日はすべてが異例のことばかりだったが、今の今までウラディーミルはそれに気がつかなかった。ひげを剃っていなかったので、その姿には浮浪者のような雰囲気が漂っていた。今朝エレーヌからあの話を聞かされてから、一日中苦しい胸を抱えていた。

そこに今、よりにもよって心が鎮まるはずの夕暮れ時に、ジャンヌがまるで泥酔している時のように際限なく話しつづけている。

「こんな話を読んだことがあるわ――小説だったと思うけど――憎み合っているのに、お互いに相手なしではいられない二人の共犯者の話……。座りなさいよ、ウラディーミル！　わたしたちはその二人のように、老いた二人の共犯者なの。しばらくしたら、わたしがあなたにベッドに来るように言って、そしてあなたは入ってくる……。それが真実なの！　ねえ、もっと飲む？」

「ああ！」

「ロシアのことを考えてるの？」

そう言うとジャンヌは声を立てて笑った。侮辱するような笑いだった。

「便利よね、ロシアって！　あなたがお酒を飲む時、泣く時、馬鹿な話をする時、あなたが冴えない臆病者になっている時、そんな時はいつだってこう言えばいいんだから。

『ロシアが恋しい』って……。

　だけど、革命なんかなくたって、あなたは今と同じようになってたわ。それは自分でもよくわかっているはずよ。え？　革命を経験したことがあるかですって？　ないわ。ただ、わたしたちは別々の人間だってこと。ただそれだけよ。だけど、わたしたちはその辺の普通の人たちのようには生きられないのよ。あの人たちはわたしたちに耐えられないし、わたしたちはあの人たちに耐えられない。ほら、あの看護婦だってそうよ。わたしはあの人が嫌になったの。ただあのいかめしい青白い顔を見るだけで、本当に嫌な気持ちになるのよ。

　あのね、あなたには大したことじゃないと思うけど……。ときどきね、娘のことも、わたしはあの娘《こ》が嫌いなんじゃないかって思うことがあるの……。

　だって、あの娘《こ》には欠点がないのよ。それに自信に満ちあふれている。あの娘《こ》が人を見る時、まるで自分には相手なんて必要ないって顔で見るのよ！　あの娘《こ》はわたしに何も求めない。わたしのことなんて、挨拶の時だけおでこにキスしてやればいいと思っているの。あの娘《こ》にとって、わたしなんてそんな母親なのよ。それでも、いつかあの娘《こ》にだって、ぐでんぐでんに酔っぱらうような日が来ると思うわ」

ジャンヌはそこで顔を上げると驚いて声を上げた。

「あなた、いったい何してるの?」

ウラディーミルはじっと座っている代わりに、ジャンヌに背を向け、欄干に肘をついていた。そうしてジャンヌの話を聞いていなかったふりをしていた。

「ウラディーミル、こっちに来てよ!」

だが、この言葉は言うべきではなかった。きわめて奇妙なことに、それをおぼろげに感じ取ったのはジャンヌだった。そして彼女の意に反して、その声には漠然とした不安が表れていた。

「ねえ、ウラディーミルったら!」

ウラディーミルが振り向いた。ジャンヌはその顔の表情に茫然とした。今まで、ウラディーミルがこれほど冷静に見えたことはなかった。落ち着いた顔で、体からは力みが抜け、いつもよりほっそりして見えた。目には、ジャンヌが娘の目の中に見るのと同じ自信のようなものが浮かんでいた。

「いったい、どうしたの?」

ウラディーミルは素直に座った。その顔をよく見ようとジャンヌが身をかがめると、まつげに真珠のような二粒の涙がついているのに気がついた。

「泣いてるの?」

ちがう! ウラディーミルは笑った。乾いた、小さな笑いだった。それからウィスキーのボトルをつかむと、ラッパ飲みをした。

「ウラディーミル、どうしたの? なんだか怖いわよ」

今やウラディーミルは微笑んでいた。ジャンヌの見たことのない笑顔だった。太陽は沈み、海には夕陽の緑がかった最後の光が広がっていた。セヴァストーポリの停泊地で、ウラディーミルが初めて戦艦に乗った日、黄昏時に母さんに手紙を書きながら見たのと同じ夕陽だった。

「怒ってるの？　わたしの言ったことで気分を悪くしないでちょうだい。だって、わかってるでしょう。わたしが幸せじゃないってこと……。こんなこと、言うのも馬鹿馬鹿しいわ……。だけど、あなたなら、わかるでしょう。わたしを理解している男は二人しかいない。あなたとパプリエだけ……。パプリエはわたしのことがよくわかっているから、普段はニースで静かに暮らして、週に一度だけわたしに会いにくるのよ」

ウラディーミルは自分の両手を見た。

「ねえ、いったい、どうしたっていうのよ？　何を考えてるの？」ジャンヌが声を上げた。

何を考えてるかって？　ああ、もし、この女にそれがわかっていたら！　俺が何を考えてるかを……。先ほど、欄干に肘をつき、灌木の陰で闇の深まる庭を見ていた時、突然、ある考えが浮かんだ。それは、解決策はきわめて簡単なものだということだった。

世界は静寂に包まれていた。黄昏の中、宇宙全体が静かに麻痺していった。ただ調子はずれな声だけが、この澄んだ空気を執拗に震わせようとしていた。

自分の後ろでは、女が左足にギプスをはめて、長椅子に身を横たえている……。

どれほど簡単なことだろう！　この女を殺しても、静かな水面に小石を投げた時ほどの波紋さえ起こらないだろう……。いくつかの輪が大きくなるが、それも無限の広がりの中に消えていくだろう……。

それで終わりだ！　それですべて終わるのだ！　どうしてこのことを今まで考えなかったのだろう？　それですべてがまともになる。以前のように！　それからブリニを捜しにいけばいい。かつての二人の暮らしを取り戻して、夜には二人で買った小さな蓄音機をかけるのだ……。

「もう飲まない方がいいわ」

ウラディーミルはわざともう一口飲んだ。

「ボトルをこっちにちょうだい」

ジャンヌはそう言ったが、それは自分で飲むためではなかった。ボトルを受け取ると、ジャンヌは欄干の向こうに放り投げた。ボトルの割れる音がした。ウラディーミルはあいかわらず落ち着いて、しかしぎこちない足取りで、がらんとした暗い部屋を通り抜け、階下の配膳室に行って冷蔵庫から別のボトルを取り出した。

氷の上にはアイスピックが載っていた。ウラディーミルはそれをじっと見つめたが、手に取りはしなかった。

「ウラディーミルさん……」二階に上ると、ささやき声がした。

エドナだった。ガウンを羽織った姿で、少し開けた寝室のドアから顔をのぞかせていた。

「ジャンヌさんはまだわたしのこと怒ってる？」

答える代わりにウラディーミルはにやにや笑った。エドナには意味がわからなかった。

そのすぐあと、ウラディーミルはジャンヌの座る長椅子のそばの柳の肘掛椅子に座り、静かに飲みはじめた。

もしあなたの片目が罪を犯させるなら、それを抜き出して捨てなさい……

なぜ今まで一度もこの言葉を考えたことがなかったのか？　ウラディーミルは福音書や伝道の書を思い出した。唯一の許されない罪とは子どもに罪を犯させることだと言っているのは、聖書のどの箇所だっただろうか？

ウラディーミルが考えている隣で、ジャンヌがしゃべっていた。あきれるほどにしゃべりつづけている。おそらく不安が募り、そのせいで饒舌になっているのだろう。

「ウラディーミル、ねえ、聞いて。わたしの脚が治ったら、二人で旅に出ましょうよ。スイスに行ってもいいわ。スイスの高地の、一面の雪景色の空気の澄み切ったところで……」

ウラディーミルは「もう手遅れだ」と言いたかった。だが、何も言わずずっと微笑んでいた。今夜の穏やかな静けさが体中に広がっていくような気がした。再び、船でトランプを広げたテーブルの前にいるブリニとエレーヌの姿が目に浮かんだ。ブリニは聖書の清らかな幼子のように無邪気に笑っている。子どもが嘘をつくように、作り話をして笑っている。そして、おもちゃをほしがる子どものように、エレーヌをほしがっている……。

「お酒をちょうだい！」

ウラディーミルはジャンヌのグラスに酒を注いだ。なかば横たわったジャンヌは、酒を注ぐのに立ち上がったウラディーミルを上から下まで眺めまわした。

「さっきわたしが言ったことを怒ってるの？」

「なんて言ったっけ？」

おかしなことに、ウラディーミルはロシア語で言った。それも、親しい相手に話す言葉遣いで言ったのだ。ジャンヌには言われたことがわかった。ウラディーミルにロシア語をほんの少し教わったことがあるからだ。

「……わたしを捨てる勇気なんかないって……」

「いや」

「わたしを捨てて、ほかのみんなと同じように働いて、街ですれちがう人たちのような生活をすることもできるわ。でしょ？」

そうだ、もうすぐできるんだ！　何もかも、もうすぐできる！

「わかるでしょう、ウラディーミル。わたしがあなたを自分の子ども以上に愛しているってこと」

自分を憐れむ話がまた始まった。ジャンヌは酔うと必ずこうなった。もうすぐ泣きはじめるはずだ。

「子どもの頃、わたしは洗濯屋になりたかったわ。ほら、わかるでしょう。わたしの望みは大したものじゃなかったってこと！　果樹園の草の上に白い布を広げたり、肘の上まで袖まくりして、両手で石けんを泡立てたり、そういうことがしたかったのよ」

ジャンヌが話している間も、ウラディーミルはジャンヌに目を向けなかった。

「中に入りたい？」ジャンヌが真っ暗な寝室の方を向きながら言った。

「いや」

中に入るより、外にいる方がいい。こうしているのももうそれほど長くはないだろう。そう思ったが、ウラディーミルには自分が何を待っているのかわかってはいなかった。ただ、今朝着替え小屋で目覚めた時にはこんなことが起こるとは予想すらしていなかった。

ではリリは？　リリはその頃映画に行っているはずだった。リリは何も気づいていなかった。

誰も気づいていなかった……。

「結局、一番幸せなのは、何も考えていない人たちよ」

ウラディーミルはため息を吐いた。ジャンヌはしゃべりすぎる！　それも、毎回同じことばかりしゃべる。その時、一階の応接間に明かりが点いた。おそらく、エドナが階下に下りて点けたのだろう。

「約束して、ウラディーミル。わたしを絶対に捨てないって、約束してよ」

ウラディーミルはもう一度立ち上がった。が、ためらった。薄暗がりの中でジャンヌの顔の皺は見えなくなっていたが、目には苦しみがあふれているのが見て取れた。

「何してるの？」

ウラディーミルは黙ってジャンヌに近づいた。その顔は、正気を失った人間か、神の啓示を受けた人間の顔だった。まだ光の差す太陽を感じる明るい空に銀の月が見えた。

「ウラディーミル……」

ジャンヌは無理に笑おうとした。後ずさりしようともしたが、長椅子の背に退路を断たれた。

「どうしたの？　わたしが何をしたって言うの？」

ウラディーミルはジャンヌのすぐ近くにいた。さらに近くに迫る。そして突然、ジャンヌに飛びかかった。熱に浮かされたように震える両手で首をつかむ。

悲鳴は上がらなかった。ただ、嘔吐をする直前のような小さなおかしな音がした。ウラディーミルを見つめるジャンヌの目が、眼窩から飛び出さんばかりだ。ウラディーミルは顔をそむけた。ジャンヌの体が苦しむのを見るのは嫌だった。

全身ががくがく震える。心がかき乱され、喉が締めつけられる。最悪なのは、ジャンヌが苦しんでいるという思いだった。そうしながら、あとどれだけ時間が経てばジャンヌは死ぬのかと考えていた。ジャンヌの脚にはギプスがはまっていたが、それでもその脚が痙攣し、激しく動くのがわかった。もう指の感覚がない。親指だけがひどく痛んだ。とうとうジャンヌの体の力が抜け、ウラディーミルは手を離した。

だが、その時、ジャンヌの体が動かなくなった直後に、頭がもう一度動いた。ジャンヌがまた苦しみ出したと思い、ウラディーミルは取り乱した。テーブルの上のサイフォン瓶をつかむと、白髪の混じったジャンヌの頭に思い切り振り下ろした。

サイフォン瓶は割れなかった！　ウラディーミルは深く息を吸い込むと、持っていた瓶を押しやって、よろめきながら階段に向かって歩いていった。

応接間にいたのはやはりエドナだった。音を聞いたエドナが、階段の暗がりに向かってドアを少し開いた。

「ウラディーミルさん、あなたなの？　何かあったの？」

「何も」

「ジャンヌさんは下りてくる？」

「すぐには下りてこないさ」

「あなたはどこかに出かけるの？」

ウラディーミルには答えられなかった。外付き階段を無言でさっと下りると、庭を通り抜け、鉄格子の門を荒々しく閉めて出ていった。

これで終わりだ！　ウラディーミルは坂道を下りた。そうしてカンヌの明かりに向かって歩いた。解放されたのだ！

今、すべきこと、それはやり直すことだ。ジャンヌと出会う前のところからやり直すのだ。ブリニを見つけて一緒に働こう。カフェのボーイでもどんな仕事でもいい。そして貧しい二人に戻り、一緒に蓄音機をかけるんだ……。

「見ただろう！　終わったんだ！　終わったんだよ！」目の前にブリニがいる気がしてウラディーミルは叫んだ。

だが、これではブリニにはわからない。ウラディーミルは静かに付け加えた。

「死んだんだ！　俺が殺したんだ！」

ついビストロに入りそうになって、ウラディーミルは思いとどまった。飲まなくていい。もう、飲む必要がない。飲まなくたっていいんだ。

歩きつづけてふと足を止めると、バス停があった。ゴルフ＝ジュアン行きのバスがまだ走っている。ウラディーミルは一瞬ためらった。だが、まだ、自分の身が安全でないという気はしていなかった。死体が発見されたかどうかさえ、まだ気にならなかった。

バスに乗り、ポリトの店の前で降りた。テラスでアペリティフを飲んでいたトニが手を振ってきたので挨拶を返す。それから店に入るのを思い直し、二歩下がって時間を訊いた。

「今、何時だい？」

「九時になるところ」

「ありがとう」

ウラディーミルは船に向かった。トニはその姿を目で追ったが、特に何か気になったわけでもなかった。船のサロンに明かりが灯っていた。看護婦はまだ船にいた。彼女とエレーヌは向かい合って座り、小声で話していた。甲板に足音がして、二人は誰が来たのかと顔を上げたが、それ以上気にすることはなかった。

乗組員室に入ると、ウラディーミルは一着だけ持っているグレーの三つ揃えを自分のベッドの下から取り出した。ドイツにいた時に買った既製服なので、今では少しきつくなっていた。ズボンをはこうとして倒れ、ウラディーミルは口元をゆがめて自分をあざ笑った。こんなざまになるのはまだ酔っている証拠だった。

今からサロンに行って、すべては終わった、もう何も心配する必要はないと、二人に言ったらどうなるだろうか？　だが、そうはせず、船から出ていった。その姿を看護婦とエレーヌが見たら、もしかしたらウラディーミルがいつもとちがう服装をしているのに気づいたかもしれない。

ポリトの店に用はなかったが、それでもウラディーミルは中に入った。店内の人がみな驚いた顔を向けてきた。今まで水兵服姿しか見たことがなかったからだ。

「休暇でどこかに行くのかい？」

そう言われてウラディーミルは笑った。いつもリリが立っている場所を見たが、今夜はその姿はなかった。

「ブリニを捜しにいくんだ！」ウラディーミルは言った。

「まだこのあたりにいるのかい？」

「おそらくな」

ウラディーミルはそう言うと、ドアの取っ手をしばらくじっと握り、店を出ていった。

一方、丘の上のミモザ館では、二階に上がってバルコニーに行ったエドナが、助けを求め、声の限りに叫んでいた。

三十分後にようやく警察署長がやって来た。署長の質問に、屋敷の使用人たちはみな口をそろえてこう言った。

「ウラディーミルさんです……」

ジャンヌ・パプリエはウラディーミルと二人きりでバルコニーにいたが、ウラディーミルは出ていったというのだ。

「ウラディーミルというのは何者ですか？」

「ロシア人です」

「それで、ここでは何を？」

「船の管理をしています」

そのあと、デジレの運転で二人の刑事が船にやって来た。刑事がエレーヌと看護婦に署長と同じ質問をすると、二人は当惑をあらわにして言った。

「ウラディーミルさんが？」

「ええ、ここに来て、また出ていきましたけど……。何があったんですか？　ウラディーミルさんが何をしたんですか？」

「パプリエ夫人を殺したんです」

エドナはヴィラに泊まるのを嫌がった。パプリエ氏の家には電話がないので、事件を知らせるためにデジレがニースまで運転していった。

ヴィラに残った刑事は、厨房で執事から内情を聞く間に、新たに封を切ったウィスキーのボトルを飲み干した。

「こんな風に終わるに決まってましたよ！」

それはなぜか？　執事にはその理由は言いがたかった。それでもなお、執事は確かにそうだと言いつづけた。

「こんな風に終わるに決まってましたよ！」

ブリニと同じ行動をとるという漠然とした欲求に駆られ、ウラディーミルは駅のベンチで待った。それから、トゥーロン行きの列車に乗った。

だが、トゥーロンに着いて列車のドアから外をのぞくと、憲兵が旅行者を止めて確認しているのが見えた。

かつてブリニと無賃乗車をしていた時によくやっていたように、ウラディーミルはプラットホームの反対側に降りた。扉の開いた有蓋貨車を見つけ、さっと飛び乗る。そうして高く積まれたトランクや木箱の裏に身を隠した。

汽車は汽笛を鳴らし、動きはじめた。ウラディーミルは貨車のドアが閉まる音を聞くと、煙草に火を点け、トランクに腰かけて深く息を吸った。

人生がまた始まった気がした。

9

ちょうどその夜も、ポリトの店ではウラディーミルのことを話していた。ブロットの勝負がいつもより早くつき、もう一勝負始めるのは気が進まなかった。夏も終わった今、人々も朝の二時三時まで夜更かしするのに飽きはじめていた。朝六時には起きなければならないポリトにしてみれば、特にそうだ。

まだ十月だったが、カフェには冬の雰囲気が漂っていた。ストーブにはまだ火は入っていなかったが、それでも、おしゃべりをする時には、みな本能的にその周りに集まっていた。

あと数日すれば、テラス席も取り払われることになっていた。

「もう帰って寝るよ」イタリア人がよいしょと腰を上げながら言った。「明日は朝、ニースに行かなくちゃならないんだ」

そこにいたのは助役とトニ、ポリト、そして駅のそばに新築の一戸建てを購入したばかりの金利で暮らす新顔の男だった。イタリア人はドアを開けると言った。

「おや！　雨だよ！」

確かに雨が降っていて、すでに霧のようになっていた。

「ウラディーミルの防水服を着ていきなよ！」ポリトが大声で言った。

というのも、この三か月、ウラディーミルの黒い防水服はずっとそこにあり、同じ釘に掛かっていたのだ。雨が降るたび、「ウラディーミルの防水服を着ていきなよ！」と言うのが、このカフェのならわしのようになっていた。

そう言われた人は防水服を着ていき、翌日返しにくる。そしてまた別の日に防水服はほかの人に使われる。

「とにかく、あいつは見つからなかったんだな」助役がパイプを詰めながら言った。「おやおや！リリを見てごらん。あの娘《こ》の注意を引きたければ、ウラディーミルの話をしさえすればいいんだから」

「まあ、おかしな人でしたね！」トニが言った。

「だけどおまえは文句を言えた義理じゃないよ。あの人がもう少し長くここにいたら《エレクトラ号》のごたごたがおまえのところに山ほど降りかかってきたんだろうから」

ポリトも黙っていられずに口を出した。

「でも、どうして殺したりしたのか、まるでわからないねぇ」

「二人はいつも一緒に酔っぱらっていたからね。まったく……。酔ったらきっと、ひどいけんかもせずにはいられなかったんだろうよ……。運転手の話だと、二人がいったんけんかを始めると、それはひどく口汚くののしり合っていたそうだから……。それにあのばあさんときたら、その手の言葉は山ほど知っていたからね」

「聞いた話だとね、あの人があんな大金を持っているのは、〝売春宿〟を……」

「それは事実じゃない」助役がきっぱりと言った。「この目で書類を見たからな！　そもそも、あの人はルブランシェ氏と離婚した時に、かなりの大金を手にしたんだ。さらに、最後の夫のパプリエ氏と言えば、モロッコとアルジェリアの大地主のひとりだからな……。パプリエ氏がアフリカの土地をまんまと手に入れたのは、ルブランシェ氏を通じてなんだ。そうしてパプリエ氏はカサブランカの港湾工事の仕事を始めたんだよ」

ポリトは無意識のままテーブルの上のサイフォン瓶をいじりまわしていたが、とうとうため息を吐きながら立ち上がった。

「とにかく、こんなことになるとは思ってもいなかったよ」

ポリトは疲れていた。十五分後、助役は家に帰り、ポリトは店のシャッターを閉めた。

「なあ、リリ、明日の朝はビールを注文するんだ。私が忘れないように言ってくれよ」そう言うと、ポリトは二階に行ってベッドに入った。

リリの部屋は一階にあった。厨房の向こうにある小部屋で、中庭に面した窓がある。鎧戸がないので着替える時には明かりを消さねばならず、一度寝間着に着替えてしまうともう点けられない。

厨房との間の壁に排気管が通っているため、部屋は暑苦しかった。

今夜もいつもと同じだった。リリは上着を羽織って再び電気を点けると、鏡の前に立って髪を整えた。部屋に帰ってから三十分ほど電気を使うので、ポリトからはしょっちゅう怒られ、くどくど文句を言われた。

「電気を無駄にして！　いったい、何をしてるんだ？」

何も！　大したことは何もしていない。けれども、仕事が終わって部屋に戻り、ドアを閉めてこうしている時だけが、一日で唯一自分の時間だと思える時だった。鏡の中の自分の姿を見て、歯を磨き、服を片付ける。仕事のように急ぐ必要もない。次に一度ベッドに横になって、てきとうに開いた雑誌のページを読む。それから、ただ起きているという喜びを味わうために、雑誌の記事をもうひとつ読む。

眠りにつく前に、リリはいつものように窓を少し開けた。それから電気のスイッチをひねり、布団を顎の高さまで引っぱり上げて、ほうっと息を吐いた。

眠りについてからずいぶん経った頃、音が聞こえた気がして目が覚めた。軽い、かさかさとした音だった。体を動かさずに目だけ開けると、窓のそばに人影が見えた。

リリは叫びはしなかった。できるだけ動かないようにして、体を強ばらせたままじっと待った。

「リリ！」そっとささやく男の声が聞こえた。

同時に、男が両開きの窓を開け広げた。窓の下枠をまたいで部屋に入ってくる。

「怖がらないでくれ！　俺だよ！　話がしたいんだ」

ウラディーミルの声だった。リリは両手を胸に当て、ベッドで身を起こした。ウラディーミルが少し近づいてきた。リリの目は外から差し込む青白い光に少しずつ慣れていった。

「ウラディーミルさん！」リリは思わずつぶやいた。

「しっ、静かに！　動かないで……。ポリトに聞かれる……」

「ポリトさんは部屋を変えたんです」リリは言った。「表通りに面した部屋で寝ています」
電気のスイッチはすぐ手の届くところにあった。明かりを点けない方がいいとはわかっていたが、リリはその気持ちにあらがえなかった。スイッチをひねると、ウラディーミルがまばたきをするのが見えた。リリはベッドから飛び起きて、裸足のままウラディーミルの前に立った。そうしてウラディーミルの顔を食い入るように見つめた。その顔は変わっていたが、どこが変わったのかははっきりとはわからなかった。

明かりに慣れると、ウラディーミルが微笑んだ。怖がらせて悪かったと謝るかのような控えめな微笑だった。

「怖がらないでくれ。おしえてほしいことがあるんだ」

リリはウラディーミルが青いオーバーオールしか身に着けていないのに気がついた。手は昔のようには手入れされてはいない。顔も変わっている。以前より太り、健康そうに見えた。

「ずっとこのあたりにいたんですか？」

「サーカスと一緒に来たんだ」返事の代わりに、ウラディーミルはそれだけ言った。

「アンティーブのサーカスに？　でもあなたの姿は見えませんでした！」

その日の朝、リリはアンティーブにお使いにやられ、そこで二十人ほどの作業員が巨大な布のテントを張る様子を一時間近く眺めてきたのだった。四十台以上の大型馬車やトラックが停まり、中からは動物たちのうなり声や叫び声が聞こえてきた。馬糞や猛獣のにおいの中、今のウラディーミルのように青いオーバーオールを着た作業員たちが、巨大なテントを張るという大仕事を成し遂げていた。

リリが見たところ、ほとんどの人は外国人だった。チラシによるとテントには五千人もの人が収容できるという。そのテントの骨組みが、その人たちの手で驚異的な速さで作り上げられていった。高いところによじ登った作業員たちは、細い梁や桁を歩き、滑車装置の端にぶら下がった重い木材や鉄材を順番に渡していた。リリはその様子を驚くほど正確に思い出すことができた。

それなのに、そこにいたウラディーミルを見分けられなかったのだ……。

「サーカスの人たちと一緒にいたんですね！」リリは半分自分に言い聞かせるためにそう言った。顔がこんなに変わったのはそのせいだったのだ。手が荒れているのも、顔が日に焼けているのも、歩き方がおかしいのも！

リリの興奮をよそに、ウラディーミルはあいかわらず静かに微笑んでいた。

「ああ、運がよかったんだ。ロシア人の仲間が身分証を貸してくれて、それからサーカスが雇ってくれた。こうしてずっと南西部を回ってきたんだ。これからは北に上ってまずグルノーブルに行き、それからスイスに行くんだ」

そう言いながらリリを見ると、寝間着姿なのに気がついた。その下には子どもっぽい体が透けて見え、ただ胸だけが成熟した女の体になっていた。ウラディーミルは詫びるようにふっと笑った。リリはその視線に顔を赤らめた。上着を取ると寝間着の上にさっと羽織った。

「怖くないのか？」ウラディーミルが言った。

こう訊いたのはまちがいだった。リリはウラディーミルがヴィラの奥様を殺したことなど一瞬も考えもしなかった。だが、怖いと思わないのに、今は気まずさに襲われて、一歩後ずさりした。

「おしえてほしいことってなんですか？」

「まだ船に誰かいるのか？」

「いいえ。お嬢さんは奥様の葬儀が終わったら、すべて閉鎖してここをお発ちになりました。船室の空気を入れ替えたり、嵐の時に必要な処置をとったりできるように鍵を置いていってはどうかとトニが言ったんですが、断られてました」

リリはウラディーミルのオーバーオールのポケットから工具がのぞいているのに気がついた。それから椅子の上にある下着が目に入り、さっとつかんで家具の後ろに放り込んだ。

「聞いてくれ、リリ」

以前はリリに親しい口をきいていたかどうか、ウラディーミルにはもうわからなかった。

「思い出してほしいんだ。怖がらないで本当のことを言ってくれ。持ち出せなくて、船に残してきた古い服があるんだ。それをトニが持っていっていないか、知らないか？」

「持っていっていません。確かです！」リリはためらうことなく言った。

「どうしてわかるんだい？」

「だって、憶えてますから。トニはすごく怒っていました……。お嬢さんはトニに、もう船に行ってもらっては困ると言ったんです。特にもうひとりの、あの看護婦さんがみんなを遠ざけました。どうしてかって言うと、あの頃は、朝から晩まで人がごった返していたんです。大勢の人が来て、船の前で足を止めて、写真を撮ったりしていました。甲板に上がる人もいたほどです」

「お嬢さんたちは、その後どうなった？」

「お二人とも出ていきました……。ミモザ館も売りに出されているそうです……。お嬢さんたちはムラン[16]の近くの田舎の村に住んでいるそうです。看護婦さんのお母さんの家があるとかで」

リリは最初のうちはウラディーミルの目を見ていたが、時間が経つうちに次第にどぎまぎし、居心地が悪くなってきた。

というのも、リリが期待していたのは、もっとちがうことだったからだ。ウラディーミルに、親しい仲間の家にいるようにここにいてほしかった。だけどちがった。ウラディーミルはただ訊きたいことを聞き出しにきただけで、それが態度にはっきり表れ、しかも、できるだけ早く済ませたいと思っているのが伝わってきた。

「その村の名前はわからないのかい？」

「ええ、わかりません……。この話は下宿人のひとりから聞いたんです。なんでも、ちょうどムランから来たという若い男の人で、お医者さんなんですけど、一か月ほどここにいました。その人が出ていってから、ポリトさんは表通りに面した部屋に移ったんです。ポリトさんの話だと、お嬢さんのお腹には赤ちゃんがいるって……」

ウラディーミルの顔に嬉しそうな表情が浮かび、リリは不意にぞっとした。そんなことは想像さえしていなかった！

「ウラディーミルさん、まさか、あなたが……。あなたなんですか？」

リリは後ずさりした。ウラディーミルは微笑を浮かべたまま頭を横に振った。

「しっ！　静かにして。俺じゃない……。俺じゃないんだ。ブリニなんだよ」

「ブリニさん?」

リリにはもうわけがわからなかった。ただただ困惑するばかりだった。

「しっ! じゃあ、もう行くよ。船に行かなきゃならないんだ」

「でも、どこも鍵がかかってますよ!」

ウラディーミルはポケットからのぞいている工具をぽんぽんと叩いて示し、懐中電灯を見せた。

「ありがとう、リリ!」

その時、二人の耳に物音が聞こえた気がした。家の中からだ。リリは素早くスイッチをひねって明かりを消した。二人は暗闇の中でしばらくじっとしていたが、次第に目が慣れてきた。

「さよなら、リリ!」

ウラディーミルはリリに手を差し出した。リリがどうしていいかわからないでいると、ウラディーミルはリリをぐいっと引き寄せて、額にキスをした。

「ありがとう、リリ!」

そう言って窓の下枠をまたぎかけたところで、リリに呼び止められた。

「ウラディーミルさん!」

ウラディーミルは動きを止めた。

「どうしてあんなことをしたんですか?」

16　フランス中北部のパリを中心としたイル＝ド＝フランス地方セーヌ＝エ＝マルヌ県の県庁所在地。

ウラディーミルは黙ってリリを見つめたあと、肩をすくめた。

「しいっ！　早く寝るんだよ、リリ」

そうして音もたてずに中庭を通っていった。古い木箱によじ登ると体勢を整え、中庭と路地の間の壁を乗り越えていくのが見えた。

ちょうどその時、厨房で足音がした。ドアが開き、ポリトが立っていた。パジャマ姿のポリトはあたりを見まわした。

「ここにいたのは誰だ？」

「誰もいません」

だがポリトはそれを信じず、乱れたベッドに目を走らせた。

「いいか、リリ、嘘をつくんじゃないぞ！」

「嘘なんかついてません！」

「私が前に言ったことを憶えているだろう」

「は、はい……」リリは震えながら言った。

今度は、リリは怖くてしかたがなかった。ずいぶん前からリリはポリトに言い寄られ、ずっとはねつけてきたからだ。ポリトはリリが身持ちの固い娘だとわかったので、今までは何も起こらなかった。

「今日のところは放っておいてやる。だが、いいか、よく覚えておけよ。もし誰かほかの男がここに入り込んだら……」

そう言いながら、ポリトはまだ決めかねた様子で部屋をうかがっていた。まだぬくもりの感じられそうなシーツや、リリの上着の下からのぞいている寝間着をものほしそうに見ている。

「もう帰ってください。でないと、悲鳴を上げますよ」リリはうなるように言った。

決心がつかないまま、ポリトはたっぷり一分ほどの長い時間をかけて二歩後ずさりした。そしてとうとうぶつぶつ言いながら自分の部屋に戻っていった。

「明日突き止めてやるからな！」


その頃、ウラディーミルは栈橋の《エレクトラ号》が係留されている場所に着いていた。だが、タラップが取り外されていたため、船との間は四メートルほど離れていた。

まだ雨が降っていた。アンティーブ方向の空の片隅が明るくなっていた。サーカスのテントのあるところだ。興行がひときわ盛り上がっているのだろう。舞台の入り口では、金ボタンのついた空色の制服を着た仲間たちが二列に並び、芸人たちの入場に安っぽい華々しさを添えているはずだ。

自分もあそこにいるはずだった。きっと列には目立つすきまが空いていることだろう。

ウラディーミルはそう思いながら、小さな釣り船のもやい綱をそっと解いた。そしてさっと飛び乗ると、《エレクトラ号》に向かって船を進めた。

甲板ももやい綱も雨でびっしょり濡れていた。ゴルフ＝ジュアンの入り江の後ろを汽車が海に沿って走り、海に反射した光が鬼火のように見える。

船の前部のハッチには南京錠がかかっているだけだった。鋼鉄のつるにやすりをかけると、南京錠は数分で壊れた。

ハッチを下りると、ウラディーミルはすぐに懐中電灯を点けた。かつて部屋に漂っていたすえたにおいは、すでにかびのにおいに変わっていた。ウラディーミルのベッドには、古いロープが投げ捨てられたように雑然と置かれていた。以前履いていたエスパドリーユがまだ床にあった。

縞模様のセーターには目もくれなかった。だが、重なった板の下に白い布のズボンを見つけると、ウラディーミルは飛びついた。

ウラディーミルはズボンのポケットを探った。そして、左のポケットから皺くちゃになった五千フランを取り出した。あの朝、頼みを聞くようにとエレーヌから渡された金だ。

これがウラディーミルの探していたものだった。探し物はもう終わった。しようと思えば、機械室を通ってサロンに入り、エレーヌが座っていた場所や、エレーヌがブリニとトランプをしていたテーブルを見に行くこともできた。

だが、そんなことは考えもしなかった。それでも、乗組員室を出ようとしたその瞬間、ウラディーミルは踵を返した。明かりも点けないまま、右手のベッドの下から蓄音機とレコードの入った箱を引っぱり出して、腕に抱えた。

それからハッチをしっかりと閉めた。こうしておけば、南京錠がないことはすぐにはわからないだろう。

その少しあと、釣り船を元の場所につなぎ、急ぎ足で桟橋を渡った。帽子はかぶっていなかった。髪は以前よりもかなり短くなっていて、それに、おそらく朝から晩まで日に焼けているせいで、以前よりも赤くなり、明るい金色のつやを放っていた。

道に人影はなかった。目に見える世界に自分ひとりのような気がした。ウラディーミルは木の下で足を止めると煙草を巻いた。今では自分で巻く煙草を吸っているからだ。そうしてまたアンティーブに向かって歩きはじめた。

アンティーブに着いた時には真夜中の零時を少し過ぎていた。ちょうどショーが終わったところだ。雨が降っていたため、観客たちが家路を急いでいた。ウラディーミルはまず二十人の作業員の寝室として使われているトラックに行き、蓄音機とレコードを置いた。

「ああ、おまえ、ここにいたのか！　いったい、どこに行ってたんだ？」

「すみません。気分が悪くなって……。医者に行っていたんです」

「怠けてないで、仕事しろよ！」

現場監督はサーカスで一番太っていたが、梁の上でバランスをとるのがこれほどうまい男もここにはほかにいなかった。

観客たちが外に出るとすぐ、作業員たちは空色の制服を脱いでオーバーオールに着替え、持ち場に着いた。音も立てず、一刻も無駄にせず、サーカス小屋は文字通り服を脱がされた。まず布のテントがはぎとられ、いくつもの電球が輝く巨大な骨組みがあらわにされた。

何台かのトラックがまとまって先に出発した。明日はグラースで興行があり、早朝にはこことまったく同じような場所で、やじ馬たちや、リリのように驚きに目を見張る少女たちの目の前で、テントを手際よく張らなければならないのだ。

作業員たちは口数も少なく黙々と仕事をした。同僚のチェコ人が通りがかりにウラディーミルに訊いた。

「どこに行ってたんだい？」

ウラディーミルは手をポケットに突っ込むと、紙幣をちらりと見せた。

「すごいぞ！　やったな！」

呼び子が鳴り響いた。荷物を積むためにトラックが並んだことを作業員に知らせる合図だ。この合図で景色ががらりと変わる。

その場に見えるのは、目に染みる光を放つ裸電球だけだ。その光で影ができ、その影の中にいくつも影がうごめいている。忙しく働く男たちの姿。そしてハンマーの音。エンジンの響き。家々の窓の明かりは次々と消えていく。

この光景は二時間続き、見る人が、まるで目の前で幻想的な作品が繰り広げられているのかと思うほど、奇妙なものになる。作業員たちは呼び子の指揮で働くが、その体の動きには心の入り込む隙もない。目はちくちくし、筋肉は痛む。ただ、木材や鉄材による肉体への激しい衝撃だけを被《こうむ》るという、人工的な世界の中を動きまわる。

全員が知らず知らずのうちに時間を数えている。そして作業が終わると二十人の作業員に割り当てられているトラックに突進し、熱い汗のにおいの中、藁の寝床になだれ込む。

次にそのトラックが動き出す。すると作業員たちにはもうすることはない。今度は運転手が青いヘッドライトの光に大きく目を開いて長い道のりを運転し、眠気と戦う番となる。

こうして作業員たちは眠る。時おり、近くの仲間と体がぶつかり合う。トラックの動きを体に感じるが、どこを走っているのかはわからず、自分が何者なのかもわからず眠る。ひとつの地平線。ひとつの未来。呼び子が鳴って、突然この夢うつつの状態は破られる。作業員たちがトラックの扉を開けると、その瞬間、太陽の光が燦々と中に降り注ぐ。

上半身裸のまま、作業員たちはまるで兵士のように公共の場で顔を洗う。そしてまた兵士のように、ブリキのコップにコーヒーを注ぎ、飯盒のラタトゥイユを食べる。けれどもなんとか時間を見つけ、ビストロに走って一杯の白ワインを飲むのは欠かさない。

そしてまた呼び子が鳴る！……

ウラディーミルは眠かった。トラックの中ではもう何人かが眠っていた。

「前に言っただろう」ウラディーミルは隣のチェコ人にささやいた。「俺の言うことを信じてなかったんだろう。白状しろよ」

ウラディーミルは以前、アンティーブに着いたら、裕福だった頃にどこかに隠しておいた五千フランを見つけにいくと話していた。

「いいか？　この金があれば、ワルシャワ行きの汽車の切符が買える。手紙をくれたのは友だちなんだ。それで教えてくれたんだよ、ブリニがそこにいるって、そこにいるのはブリニだって……」

「静かにしろ！」誰かが文句を言った。

ウラディーミルは口を閉じたが、目を開けたままあれこれずっと考えていた。

「明日発つのか？」チェコ人にはそれはあまりありがたくない話だった。新しい同僚が隣に来ることになるからだ。もしそいつがいびきをかいたり、もしかして、体臭のきついやつだったりしたら？

「いや、スイスまではサーカス団員でいる」

「五千フラン持ってるのに？」

ポケットに五千フランもの大金を持ちながら、こんな仕事をするなんてことは、チェコ人の理解を超えたことだった。

「それでもさ、そうさ！」

「じゃあ、みんなに気前よくおごれよ」

ウラディーミルは答えず、眉をひそめた。

「おい、けちけちすんなよ」

「頼むから、静かにしてくれ！」誰かが叫んだ。

エンジンが動きはじめた。トラックが発車する。

「いつものおまえからすると、信じられないぜ！　そんなのまちがってるって、わかるだろう？」

「俺はけちなんかじゃない。ただ、これはブリニの金なんだ！」

「そうか。じゃ、話は別だな。だけど、なんでそいつのことをブリニって呼ぶんだ？」

「それは、そいつが料理をして、それもほとんど毎日ブリニを作るからなんだ。なあ、ブリニって何か知ってるか？」

「ロシア料理か？」

「クレープみたいなものだ。サワークリームと一緒に食べるんだよ」

「そうか。それはあんまり俺の好みじゃなさそうだな」

そう言ったあと、チェコ人は眠ったようだった。もう声がしなくなった。

ウラディーミルはこれからの日数を数えた。グルノーブルに着くまでに二週間。それからすぐに国境を越える。問題は起きないだろう。サーカスには集団パスポートがあるからだ。そしてジュネーヴに入ったら……。

知らない男の脚がウラディーミルの上に載ってきた。左からは隣の男の腕が胸に載ってくる。息が苦しい。

器用にゆっくり体を動かすと、ウラディーミルは蓄音機を膝に載せ、その上にレコードを置いた。トラックが揺れ、針がレコードの上を波打ったが、人差し指の先で支えた。

音楽は、初めのうちはトラックのエンジン音とほとんど区別がつかなかったが、次第に曲が浮かび上がって聞こえてきた。コンスタンティノープルで暮らしていた時によく聞いたタンゴだ。ウラディーミルはもっとよく聞こえるように顔を近づけた。

「俺たちを寝かせないつもりなら、その面《つら》をぶん殴ってやる!」とうとう暗闇から声が飛んできた。

ウラディーミルはおとなしく蓄音機を止め、枕がわりのクッションの下に滑り込ませた。それから周りに寝ている人々の腕や脚の間に体をすべり込ませると、癒された気持ちでふうっと息を吐いた。

ウラディーミルはすぐに眠りに落ちた。そして眠っている間ずっと、サワークリームを添えたブリニの味を唇に感じていた。

「夜中に音楽をかけるなんて、おまえ、頭がおかしいんじゃないか?」グラースに着き、大型馬車の後ろで顔を洗っていると、横に並んでいた仲間が言った。

　ウラディーミルはひとりでにやにや笑った。答えたってなんになる？　話しかけてきた男には意味がわからなかった。

「このチームでは今まで二十人くらいのロシア人を見てきたが」とフランス北部出身のその男は言った。「みんな頭のおかしいやつばかりだったよ！　気を悪くさせようとして言ってるんじゃない。だけど、そうだろう？」

　もう雨は上がっていた。空は静かでエピナル版画[17]の鮮やかな青色をしていた。道の向こうにビーズの暖簾の掛かった真っ白なビストロがあり、身支度を終えた二人の仲間がうらやましそうに見ていた。店内の薄明りの中に錫のカウンターが光っているのが遠目に見えた。あそこにボトルが並び、氷入れが冷気を放っているはずだ。

「何かおごってくれよ？」仲間のひとりが言った。

「俺がもう昨日頼んだよ」チェコ人が口をはさんだ。「だけど、事情があってどうにもならないんだ」

「いや、でも、おごるよ」ウラディーミルは言った。

　三人はカウンターに肘をつき、時計にちらっと目を走らせた。急がなければ。早くくつろいで、静かで緩やかな空気を吸い込むのだ。

「今から準備を始めて、もう今夜の興行に間に合うのかい？」うずたかく積まれた梁や板材を見ながら、ビストロの主人が目を丸くして訊いた。

あと六分、五分、四分、三分……。

「お代わりを頼む！」口を拭いながらウラディーミルが注文した。

あと二分……。あとはもう、勘定を払って釣りの小銭をもらい、グラスに輝く白ワインを飲み干す時間しかない。

そして呼び子が鳴る……。

17　エピナルはロレーヌ地方ヴォージュ山脈西麓、モーゼル川沿いの町。エピナル版画は通俗的な伝説や歴史を題材としてこの町で作られた色刷り版画。

10

まだ一面の雪というわけではなかった。本格的な冬はこれからだからだ。だが、列車のスピードのせいで窓ガラスには美しい花のような霜がつき、外の景色を見るには爪でこすり取らなければならなかった。

ボイラー室では、鋼板が燃えるように熱くなった時があるかと思うと、駅に停車したあとなどにはパイプが凍っていることもあった。

これこそが、ウラディーミルが〝本物の汽車〟と呼ぶ汽車だった。つまり、国境を三つ四つ越えて大陸を横断し、ある国境では緑色の制服、別の国境では青色の制服、またあるところではケピ帽をかぶった税関吏と、次々と異なる国の税関吏の検査を受け、首都の駅から遠く離れた鉄道で止まり、しばらくしてからまた出発し、旅客の運命を変えるような汽車だった。

汽車にはそれぞれ固有のにおいがした。フランス、スイス、ドイツ、ポーランドなど、様々な国の多様な車両から成っていた。そこに突然、モスクワやフィンランド行きの車両が接続された。

ウラディーミルの向かいのシートには、顔の大きなポーランド人女性が座っていた。まだ二十五歳前で、二時間ごとに赤ん坊に乳を飲ませていた。もう一人、二歳ほどの子どもが床に置かれたかごの中で眠っていた。夫も一緒にいた。不安げな眼差しをした金髪の農夫だ。有蓋貨車には面食らうほど多くの荷物が載せられていた。鍵がなく紐で縛ったトランク、バスケット、それに木箱まで。そしてそのすべてにシカゴやニューヨーク、イタリア航路などの荷札がついていた。

汽車が進むにつれ、窓から見える町の家々も姿や色を変えていった。畑の規模は次第に大きくなり、囲いがなくなってきた。建っている家も、次第にイズバ[18]に似たものになってきた。

乗客たちは互いに親密に折り重なっていた。ウラディーミルも隣にいる知らない男の膝に頭を載せて眠った。そしてすでに駅に降りて食べ物や飲み物を買っていたため、ポケットには様々な国の小銭があった。

ウラディーミルの目は笑っていた。旅の道連れのひとりはドイツ人でもうひとりはハンガリー人だったが、互いに言葉が理解できた。

「仲間を捜しにワルシャワに行くんだ」

ウラディーミルは詩情を込め、そしてドイツ人のために〝仲間《カムラート》〟と、Kで始まるドイツ語で言った。ウラディーミルにはポーランド語がわかり、ポーランド人にはロシア語がわかった。誰かが言いまちがいをすると、仲間の誰かが笑った。

景色は次第に変わり、雪が畑を覆いはじめた。農家の屋根にはまだ積もっていなかった。

「昔、俺は海軍将校だったんだ。だが、結局サーカスで働く羽目になって……」

18　手近な木材で作ったロシア農村の校倉式家屋。

しまいには、それぞれが身の上話を始めた。親友にも打ち明けたことのないこまごまとしたことを話すこともあった。ポーランド人はアメリカ合衆国で三年過ごし、そこで何人か子どもも生まれた。だが、そこでは仕事がなくなって、もっとよい暮らしのできる国はないかと戻ってきたのだった。「こっちでも職はないだろう」ハンガリー人が言い切った。「状況はどこも同じだ。ヨーロッパでも、アメリカでも。きみはどこの出身だ？」

「ヴィリニュスだ」

ポーランド人はワルシャワではまだ汽車を降りず、北の国境まで行くとのことだった。ワルシャワで乗り換えて、丸々一晩かけてようやく着くのだという。

「友だちの行方がわからなかったんだ。何か月も前に姿を消してしまって……。それで、ある日、トゥールーズで巡業していた時に……。トゥールーズに行ったことはないか？」

ドイツ人は戦時中、そこで捕虜になっていたことがあった。おそらく夏のことだった。というのも、記憶に残っていることはひとつだけで、それは耐え難い暑さだった。

「トゥールーズである人に出会ったんだ。それは俺たち、ブリニと俺が働いていたコンスタンティノープルのレストランのご主人だ。ロシア人で、かつて騎兵隊の隊長だった人だ……」

暖房器具がフル稼働しはじめ、まるで蒸し風呂の中にいるようだった。赤ん坊は青白い大きな乳を吸っていた。床に置かれたビール瓶が何本か、男たちの脚の間を転がっていた。

話題はなんでもいい。煙草を吸いながら話をするのは楽しかった。汽車が進むにつれ、その煙草の味も変化していった。

「そのご主人が、ワルシャワに住む友人のひとりから手紙をもらったと言ったんだ」

ウラディーミルは、おばあさんが昔話をする時に登場人物同士の関係を事細やかに述べようとするように、細部まで詳しく説明することにこだわった。

「その友だちという人の経歴がまたおかしくてね！　革命前は軍とはまったく関係のない、正教会の司祭を目指す神学生だった……。その人、どうしたと思う？　ワルシャワの《ホテル・オイロペスキ》のドアマンになったんだ。そうそう、それはね、その人がヨーロッパの言葉ならほとんど全部話せたからなんだ」

こんな風にロシア語でおしゃべりをしたのはもう何年ぶりだろう。ウラディーミルは話すこと自体を楽しみ、興奮していた。

「ある日、その人がホテルに来た客を見たんだ。誰だと思う？　それが、俺の友だちのブリニなんだ。ブリニが大型のアメ車に乗って、そのホテルを全室予約した人と一緒に来たんだそうだ！　これが、トゥールーズで聞いた話さ。俺のブリニが大金持ちのベルギー人の使用人になって、ワルシャワまで一緒に来たんだって。これって運命じゃないか？　で、俺が布のズボンを見つけられたのも運命じゃないかって思うんだ。こんなことを言われても、きみたちにはなんのことかわからないだろうし、俺も説明できないんだが……」

ウラディーミルは説明したくてたまらなかった。自分の話は奇跡のような話だと思った。だが、今ではもうポーランド人が話していて、アメリカでの生活の様子をイメージが浮かぶよう工夫を凝らしてみなに伝えていた。

「英語を話せるのかい?」ハンガリー人が訊いた。

「いいや! 俺たちはポーランド人しかいない地区に住んでたんだ。工場にはポーランド人が二千人も働いていて……」

ウラディーミルは外の郊外の景色を眺めた。灰色の家々や葉の落ちた木々が並んでいる。思わず微笑みが漏れた。シャツのポケットにそっと手をやり、そこにある四千フランの感触を確かめた。

着ているのは新しい服だ。既製服の茶色いスーツで、今度は肩のところが少しきつい。綿をまぜた安い生地なので、あちこちに皺が寄っていた。

みなが眠りにつき、起きるのは用を足す時と、ビールを一口飲む時だけだった。ハンガリー人はシートとシートの間の床に新聞紙を敷き、その上で眠っていた。

ウラディーミルは旅の仲間たちに説明したくてたまらなかった。特に最も驚くべきことは、自分が捕まらなかったことだ! 捕まらなかったというのは、もちろん、警察にだ! 最初は警戒してひげを生やしていた。赤毛のひげを伸ばしてほぼ四角い形に刈っていた。多くの新聞に写真が載ったが、それはヨットの船長の帽子をかぶった制服姿のものばかりだった。青いオーバーオールを着た自分を見て、同一人物だとわかる人はいない。

また、付き合う人間はロシア人だけにするよう気をつけていた。サーカスでめぐるたいていの町にロシア人がいた。隠れることはほぼなかった。というのも、自分に罪があるとは思っていなかったからだ。それでどうしても、捕まって罰せられるという気がしなかった。

そんな気持ちがとても強かったため、サーカスに雇われてみなにひげを笑われた時、剃るのになんのためらいも感じなかった。

それに、新聞の興味がすでにほかのことに移っていたのも本当だ。おそらく警察もそうだったのだろう。テントの設営作業をしているところをやじ馬たちが見ていても、高いところで巨大な梁を巧みに操る男たちの遠くに見える小さな顔など見分けがつくわけもない。

アンティーブでさえそうだった……。そこでは、金ボタンのついた空色の制服姿で舞台の入り口に立つのはさすがに避けたが、やはり捕まる気はしなかった……。

「まだ橇で移動する季節には早いだろう」ポーランドの税関を通過した時、ウラディーミルはふとそう思った。

車窓から木造の家々の並ぶ村が見えはじめるとポーランド人は涙を流した。そして着いた最初の駅で一度降り、汽車に戻ってきた時にはウォトカでしこたま酔っていた。

ウラディーミルもそうだった。彼と一緒になって酒を飲んだ。酔って、泣きはしなかったが、黙っていることができなかった。そしてこう話を締めくくった。

「こうやって、俺は身分証を見せることもなく、まんまとフランス国境を越えたんだ……。わかるかい？」

そして今、汽車に戻ってきて、その話を思い出させるようにウインクしたが、ポーランド人はすぐに眠りこけてしまった。

ワルシャワに着くと、ウラディーミルの予想通り、まだ橇はタクシー代わりに使われてはいなかった。だが、通りでは、人々はすでに雪のぬかるみを難儀しながら歩いていた。ぬかるみの上にふわふわと降った雪が、ほんの一瞬その場所を白く覆っていた。毛皮付きのコートを着た年配のユダヤ人が何人も歩いていた。その最初のひとりとすれ違った時、ウラディーミルは振り返り、走り出したい気持ちに駆られた。

この街はよく知っていた。ブリニと一緒に、ここまで乗ってきたのと同じような汽車に揺られ、三、四か月ごとに国境を越えて別の街へと移動していた頃に、二人で住んでいたことがあったのだ。

《ホテル・オイロペスキ》の外階段に、制服姿のドアマンが威厳に満ちた姿で立っていた。

「サーシャ！」ウラディーミルは叫んだ。蓄音機は一時駅に置いてきていた。

ドアマンに近寄ると、ウラディーミルはわっと笑い出した。その人物が、自分の知っていた頃とはすっかり様変わりしていたからだ。戦前のロシア宮廷の貴族のような並外れて大きな口ひげを生やし、元神学生がいかめしくでっぷり太った司祭になったかのようだった。

「誰だ？」

「わからないのかい？　俺だよ、ウラディーミル……ウラディーミル・ウロフだよ。ブリニはここにいるのかい？」

「どのブリニだ？」

サーシャが知らないのも無理はなかった。当時、ブリニにはまだこのあだ名はついていなかったのだ！

「ゲオルギー・カレーニンだよ。ここにいたんだ。あんたがそう書いたんだよ。トゥールーズにいるペトロフさんへの手紙に……」

だが、そこに車が到着し、ドアマンのサーシャは駆け寄って、回転ドアまで客に付き添っていった。戻ってくると、ためらうような様子でウラディーミルに言った。

「そこの通りの角で七時に待っててくれ。ほら、あそこの官庁の前で……」

雪が降っていた！ 通りは一面雪でぬかるんでいて、車が通ると凍った雪がタイヤから顔に飛んできた。アストラカン[19]のコートや毛皮付きのコート、そして殺風景な兵舎によく似た古い家々の上に、雪が降り注いでいた。

ウラディーミルは何かを思い出すような気がして、ショーウィンドウの前でひとつひとつ足を止め、時おり歩行者の前でも立ち止まった。何を見ても何かが思い出された。ウラディーミルは全身で街の香りを吸い込んだ。汽車を降りてから、食べることも飲むことも忘れていた。だがこうして街の香りを吸うと、途端に飲みたくなった。店に入って続けざまに五、六杯のウォトカを飲み、極上の酒や黒ビールも飲んだ！

サーシャは約束の場所にやって来た。もちろん制服は来ていなかったが、先ほどと同じひげを生やしたいかめしい顔つきで、足にはゴム長を履き、毛皮付きのコートを羽織っていた。

「今までどこにいたんだ？」

「フランスさ。スイスを経由してきたんだ。ブリニを、ええと、ゲオルギー・カレーニンを捜しに

19 ロシアのアストラカン産の子羊の毛皮。

きたんだ。ホテルにはいないのかい？」

二人は建物の二階にある小さなレストランに入った。ウラディーミルは食欲があり、出された料理をすべて食べ、特にオードブルはひとりで食べつくすほどだった。

「あの男がどうなったか、わからないんだ」サーシャはため息を吐いた。

「え？」

「あの銀行家が逮捕されてもう一か月になる」

「銀行家って、どの？」

「ベルギー人だよ。その男に対する引渡令状が出されてね。それで、おまえの言うブリニは、無一文で路頭に迷うことになったんだ。労働許可証も持っていなかったし……。この国は外国人に対してとても厳しくなったんだ……。最後に見た時、あの男は通りでヒマワリの種を売ってたよ」

「ブリニが？」

「ズウォティ[20]を少しやったが、俺にも子どもが五人もいるもんだから……」

神学生に子どもが五人！

「じゃあ、どこに行けば会えるか知らないのかい？」

「コルニーロフなら知ってるかもしれない」

「誰だって？」

「知り合いじゃないのか？　コルニーロフは元ジャーナリストで……。まあ、ここでもジャーナリストなんだが……。記事をベルリンやニューヨークに送ってるんだ。今は新しい家に住んでいる。ほら、これが住所だ」

ウラディーミルは不安を覚えはじめた。まだ朝早く、霧が立ち込める中、ウラディーミルはコルニーロフの家を探して歩いていた。家はコンクリートの兵舎のような建物の中にあった。真新しいが殺風景で、すでに荒廃した感じがした。

庭を造る予定だった空き地を通っていかなければならなかったため、たどり着くまでにずいぶん長く感じた。人間というものは、いつも最良の計画を立てるものだ。だが、いざ実行に移す段となると……。

何階か階段を上がっていると、ティーポットを手にしたネグリジェ姿の女性に出会った。各階にある共同の台所にお茶を淹れに行くところのようだった。

コルニーロフは床に就いていた。ひどい風邪をひいていた。鼻は赤く、鼻水が止まらないようだ。

「座ってくれ。床に新聞紙を敷いて……。妻が一週間前に出ていってから、誰も片付ける者がいなくて……」

「あの、ゲオルギー・カレーニンの居場所を知っていますか？」

「本当かどうかわからないが……。西地区にある宿なしどもが行く簡易宿泊所で会った人がいるという話を聞いたよ」

20　ポーランドの通貨。

しかたなく、夜まで待った。ウラディーミルは通りを歩きながら、何かを売る貧しい男を見るたびに顔をのぞき込んだ。

街灯に明かりが灯った。西地区に向かうにしたがって、街は次第にスラム街のようになっていき、建物の地下の部屋で暮らす家族たちの姿が目についた。

その簡易宿泊所は大きな古い建物だった。あたりに多くの人影がうろついていたが、ウラディーミルにはその理由がわからなかった。だが、とにかく外付き階段を上った。すると小窓から声がして呼び止められた。

中に入るなら、二十グロシュ[21]払えというのだ！　人々が建物の周りでうろうろしている理由はこれだった。二十グロシュすら持っていないのだ。彼らは無一文の人が無料で泊まれる場所を探していたのだ。

数歩入っただけで、悪臭を放つ湿気に体をとらえられた。歩くたびに、床や廊下でさえ寝転んでいる人たちにぶつかった。

左右に大きな部屋がいくつもあり、その壁に、船にあるような、木の棚のようなベッドが天井の高さまでしつらえられていた。そのひとつひとつに人がいて、時にはひとりだけでなく、二人も三人も一緒になって寝そべっていた。

床はまだ人であふれ、座っている人もいれば立っている人もいる。服を脱いで上半身裸になっている人もいた。多いのはひげを生やした老人だが、どう猛な目つきをした若者もいた。

「ゲオルギー・カレーニンという男を知らないか？　ブリニとも呼ばれてるんだが……」

ウラディーミルは近くにいた男に訊いた。男は答えもせず、ただ不愉快そうな目を向けた。それはウラディーミルの身なりのせいだった。二百フランの安物のスーツでも、ここでは完全に場違いだ。シャツを着ているし、ネクタイまでしている。ウラディーミルが通るとみなが振り返り、嫌悪感から床に唾を吐く者もいた。

ウラディーミルはひどく不安になってきた。ここには何人くらいいるのだろう？　おそらく千人、いや、もっと多いかもしれない。鉄の階段を上れば二階があって、同じような部屋がいくつもあるのだから。いったい、どうやってブリニを捜し出せるというのだろう？　いっそのこと、ブリニの名前を叫びながら一部屋ずつ回ればいいのかもしれないが、そんな勇気はなかった。

突然、鐘の音が電話の音のようにけたたましく鳴り響いた。その響きがあまりにも電話によく似ていたので、一瞬、これはすべて夢で、電話の音で目を覚まされたのかと思ったほどだった。

棚のようなベッドで、全員が文句を言いながら体を起こした。床に寝そべっていた人々も、うつろな目をしてのそのそと起き上る。そこに施設付きの司祭が姿を現した。まだ三十五歳にもなっていない若い神父で、あごひげを生やしている。

男たちは後ろに下がって神父に道を開けた。男たちの神父を見る目には、特に好意もなかったが、憎しみもないようだった。神父は黒い本を開くと咳払いをし、周りを見渡してから大きく十字を切った。男たちも程度の差はあれ、神父のまねをして十字を切った。

ウラディーミルは、男たちが自分に飛びかかってくるのではないかと不安に思った。監視されている気配がまったくないこの施設では、特にそんなことが起こりそうな気がした。だが、ちがった。神父が大きな声で夕べの祈りを唱えている間、男たちはじっと頭を下げていた。ウラディーミルは驚きに目を丸くして、神父とともに男たちの唇が動き、祈りを唱えるのを見つめていた……。

「告解をしたい人がいれば、明日十時にお待ちしています」

祈りが終わり、神父が最後に言った。男たちはみなおしゃべりをしたり、もう一度横になったりしていた。もう、神父に関心を持つ者はなく、神父は落ち着いた足取りで出ていった。突然、ウラディーミルの頬を涙が伝った。苦しみで胸が締めつけられ、喉を詰まらせながら、ブリニの名を叫んだ。

「ブリニ！　ブリニ！」

その部屋からはなんの返事もなかった。ウラディーミルは二番目の部屋に駆け込んだ。何かを疑っているような男が三人、険悪な顔であとをついてきたが、ウラディーミルはそれにも気づかなかった。

「ブリニ！」

ブリニがいる！　高い、天井近くのベッドに！　ウラディーミルの目に、ベッドに座るブリニの姿が見えた。ブリニは顔に恐怖のようなものを浮かべてこちらを見た。ブリニの顔にもひげが生えていて、そのせいでまるでキリストのように見える。

「ブリニ！　俺だよ！」

あとをつけてきた男たちが、このやかましい男をつまみ出すべきかと問いかけるかのように視線を交わし合っていた。

「下りてこいよ！　早く！」

ブリニはためらいがちに、高いところにしつらえられたベッドから這い下りてきた。シャツは着ていなかった。素肌の上に直接古い上着を羽織っていた。ウラディーミルは泣きじゃくり、ブリニを抱きしめると、つっかえつっかえ言った。

「ブリニ！……来いよ！……さあ、行こう！……」

男たちが無言で二人の周りに集まってきた。ブリニは不安を覚えた。

「どこに行くの？」

「黙って、とにかく来いよ！　金を持ってるんだ……」

言ってしまってからウラディーミルは怖くなった。こんなことを他人にも聞こえる声で言ってはいけなかった。金を奪おうと、誰かが飛びかかってこないとも限らない。無傷では出られないと観念しながら、ウラディーミルはブリニをドアの方に引っぱっていった。

「早く！　とにかく、外に出たら説明するから……」

ウラディーミルはガラス戸を押した。その瞬間、二人は凍えるような突風にあおられ、後ずさりした。信じられないことだが無事に出口までたどり着くことができたのだ。

「来いよ……」

ウラディーミルは笑った。笑いが止まらない。何よりも、ブリニの驚いて怯えた様子がおかしかった。助かった！　通りに出られたんだ！

その時ウラディーミルは周りの男たちに気づいた。十人、いやおそらく十五人はいただろう。二十グロシュがないせいで、中に入れない男たちだ。

「待ってくれ！」

ウラディーミルはブリニを止めると、ありったけの小銭を彼らに分けてやった。

「ホテルに部屋がとってあるんだ。そこに行こう」

ウラディーミルはブリニを無理やり路面電車に押し込むと、自分も飛び乗った。乗客の目が一斉にブリニの裸の胸に注がれた。ブリニの乞食のような姿に怯えたのか、男がひとりその場から離れていった。

「今までのことを話すよ。全部話す……。もう、終わったんだ！……これから、二人で新しい人生を始めるんだよ……」

「どうしてここに？」

「わからないのか？　いいか、指輪を盗んでおまえの箱に入れたのは俺なんだ……。おまえに嫉妬して、あんなことをしてしまった……。悔やんでも悔やみきれない。だけど、俺は生まれ変わったんだ……。ほら、見てくれ」

路面電車の中で目立たぬようにしながら、ウラディーミルはそっと上着の前を開き、シャツの下に隠していた金を見せた。

「これはおまえのだ。おまえのために持ってきたんだ……。とにかく、まず何か食べよう」

ウラディーミルのとった小さなホテルに向かい、二人は少し迷いながら歩いていった。夜のこんな時間に開いている店を探す必要もあった。店を見つけると、ウラディーミルはキャビアに黒パン、ソーセージ、魚の燻製、ウォトカ一瓶、子豚のゼリー寄せの大きな塊など、手あたり次第買い込んだ。その間、ブリニはその身なりのせいで中に入らず戸口に立っていた。

「さあ、行こう！」

ウラディーミルは女の腕をとるようにブリニの腕をとった。

「おまえにはわからないだろうが……俺たちはまた二人になったんだ」

「奥様とは別れたのかい？」

ウラディーミルはいら立ちを含んだ笑い声を上げた。

「それは言わないでくれ！　すぐに説明するから……」

ホテルに着くと、二人は支配人がこちらに背を向けるまでしばらく待ち、受付をさっと通りすぎて階段を駆け上った。

電灯はとても暗かった。ファイアンス陶器の大きなストーブがあったが、火はついていなかった。ウラディーミルがストーブに火を灯し、ブリニは先に食べはじめた。

「ジャンヌのことを言っていただろう……。俺はあの女を殺したんだ。本当だ。そうするしかなかったんだ……」

長い間、ウラディーミルは自分の身に起こったことをずっと考えていた。本当は一気にすべてを話してしまいたかった。

「食べるんだ……。飲めよ……。そうさ！　飲まなきゃだめだ。飲めば元気になって、そうしたら理解できるようになるだろう……。エレーヌのことで、俺はおまえに出ていってほしかったんだ……。憶えてるか、おまえがあの娘《こ》にシュナプセンを教えた時のことを？」

　ウラディーミルはブリニを見たが、すぐに目をそらせた。同じ男とは思えないほど、ブリニはすっかり変わり果てていた。ブリニがこんなに生気を失った人間になり、その責任のいくばくかは自分にあるのだということが、ウラディーミルには実感できなかった。ウラディーミルは堰を切ったように話しはじめた。一度に話すには多すぎるほど多くのことをしゃべりまくった。ブリニをうんざりさせるほどしゃべり、ブリニに無理やり飲み食いさせるとストーブの前に座らせた。隣室の客が静かにしろと壁を叩いてきたので、しかたなく声を潜めて話しつづけた。

「あそこから抜け出すには、もう、ひとつしか手はなかったんだ……。俺はあの女を殺した……。何もかも、うまくいった……。少なくとも、おまえは喜んでくれるだろう？」

　こう言われても、ブリニにはわからなかった。だが、突然、目に涙があふれたかと思うと、食べたばかりのものをカーペットの上に一気に吐いた。それがブリニの気持ちだった。

「よく考えた上でのことなんだ。わかるだろ？　問題を解決する方法はひとつしかない。つまり、おまえと俺が一緒にいることだ。以前のようにな……。ほら、おまえに四千フラン持ってきたんだ……。おまえが望むならコンスタンティノープルに戻ってもいいし、ブカレストでもいい。そこで何か仕事を見つけよう」

「どうして、指輪をぼくの箱に入れたりしたんだ？」ブリニが言った。

「言ったじゃないか。おまえに嫉妬していたんだ……。それに、俺はまるで呪いにかけられたように、頭がおかしくなっていたんだ……。ジャンヌなんて、あんな年とった女とあんなことになったのも、そのせいなんだ」

「でも、どうして指輪をぼくの箱に？」

ブリニにはまったくわけがわからなかった。ウラディーミルにグラスを持たされたので、ブリニは一気に飲み干した。ウラディーミルも一緒に飲んだ。

「蓄音機とレコードを持ってきたんだ。ほら！　見ろよ……」

隣室からまた壁を叩かれなかったら、ウラディーミルはレコードをかけんばかりの勢いだった。

「ベッドで寝てくれ。俺は床でいいから……。そうだ、そうしてくれ！　俺は……。今まで、仕事を押しつけて悪かった。もうおまえはあんな風に働かなくていいんだ」

ウラディーミルの顔は真っ赤だった。食べるのも忘れて飲み、飲みすぎていた。

「以前はおまえばかりが苦労していた。だけど聞いてくれ。俺のせいじゃないんだ……。何かにがんじがらめにされていて、どうしようもなかったんだ……。だけど、今はもうそれがわかっている。だから、これからはちゃんとやれる……。そうだ、いい考えがあるんだ」

その考えとはなんとも奇妙なものだった。ウラディーミルは洗面台の上にあったひげ剃り用ブラシを取ってくると、どうしてもブリニのひげを剃らせてくれと言った。ブリニは嫌だと言ったが、結局好きにさせた。

「ほら！　これで前とまったく同じだ。明日は風呂に入ってくれ。俺は新しい服を買ってくるから……」

「エレーヌはなんて言ってたんだい?」ブリニが唐突に訊いてきた。

「なんのことを?」

「きみが彼女のお母さんを殺したことを……」

今度はウラディーミルが顔をそむけた。こんなに飲んだのはまちがいだった。さっきまで、今までにないほど幸せだった。新たな人生が始まったと思った。今にも始まるところだった。

そうだ。以前と同じような人生が始まるはずだった。コンスタンティノープルでもほかの街でもいい、とにかくどこかに行って働くのだ。仕事はなんでもいい。工場でも、食堂でも、サーカスだっていい……。そうだ、サーカスがいい! そうして小さな部屋を借り、蓄音機を置いて、ポケットの奥に小銭がいくらあるか数えながら二人で買い物に行くのだ……。

だが、ひげを剃ったブリニは、もう以前と同じブリニではなかった。

「いいかげんに静かにしろ!」隣室の客がドアの前までやって来て大声を上げた。

「しっ!……」

ウラディーミルはボトルを一気に飲み干した。ブリニの顔がぼやけて二重に見えた。口が二つに見え、柔和な、いや、犠牲者の、大きな目が四つも見える……。

ウラディーミルはいきなりボトルを床に投げつけた。ボトルは割れて粉々になった。ドアの向こうの客に向かって大声を上げる。

「ほら! もう終わりだ! 黙ってやるよ」

それから、ウラディーミルはブリニの手に金を押しつけた。

「ほら！　おまえのだ。そうだ！　おまえのものだ。誓ってもいい！　エレーヌから渡されたんだ」

「ぼくに？」

「そうとも、おまえにだ！　わからないのか？」

ブリニを見つけた時から、ウラディーミルはずっとこの言葉を言いたいと思っていた。〝わかるだろう！〟と。

「俺がまだ、今も、おまえから盗もうとしていることがわからないのか？　俺は……。いや！　おまえにはわからない……。俺は、二人で再出発したかったんだ。前と同じような暮らしに戻りたかった……。聞いてくれ！　酔いにまかせて今、言ってしまった方がいいだろう。明日になったら、もうそんな勇気はなくなってしまうだろうから。飲んでいる時は、自分が下劣なやつだと思う。たぶん、だから俺は飲むんだ……。早く、俺の言うとおりにしてくれ。この金を持ってエレーヌのところに行け。必ず行くんだ！　とにかく、俺が酔っていると思っても、俺の言うとおりにしてくれ……。子どもが生まれるんだよ。おまえの子どもが……。彼女の住所を教える。というより、正確に言えば、俺が知ってるのは、彼女がムランの近くの村に住んでるっていうことだけなんだが……」

「な、なんでそんなでたらめを言うんだ？」ブリニは突然声を上げ、泣きはじめた。

一度にあまりに多くのことを言われ、大きなショックを受けて、ブリニの神経はすっかり参っていた。ひげを剃った肌の感触さえもがブリニをうろたえさせた。

「だって、本当のことだからだ！　誓うよ！　たとえ明日になって俺がおまえを引き止めようとしても、言うことを聞いちゃいけない。俺が何を言っても信じちゃだめだ……。俺はひとりぼっちになるのが怖いんだ！　わかるか？」

今度はホテルの主人がドアをノックしてきた。ウラディーミルはドアを開けた。

「なぜ二人もいるんですかね？」

「明日説明します。二人分払いますから……」

「それまでに、また騒いでほかのお客さんたちのじゃまをするようなら、警察を呼びますからね」


しまいには、ウラディーミルはブリニに腕枕をしてうとうと眠っていた。ウラディーミルはブリニよりもずっと早く目を覚ました。二日酔いで頭が重かった。冬の初めによくあるように、雪は雨に変わっていた。窓から見える景色は色のない白黒の世界だった。

ブリニは口を開けたままだ眠っていた。素っ裸で子どものように布団を半分はだけていた。

一時間後ではおそらく遅すぎるだろう。自分は今とは同じ人間ではなくなっているだろう……。外の家々の壁や光る屋根を見ながら、ウラディーミルはすでに体中に不安が広がっているのを感じていた。

テーブルの前に座ると、ウラディーミルは紙と鉛筆を持ち、ロシア語で書きはじめた。


しばらくなんとかしのげるように、千フランもらっていくよ。エレーヌはブランシュという看護婦と一緒にムランの近くの村にいる。

すぐにわかると思うが、指輪をおまえの箱に入れたのはこの俺だ。この手紙を見せれば彼女も信じるだろう。

ウラディーミルは英雄を気取っているわけではなかった。だから千フランもらっていった。《ホテル・オイロペスキ》のドアマン、サーシャに会いにいくつもりでいた。自分も四か国語を話せるから、同じような仕事に就けるだろう。

まだ眠っているブリニが夢の中でため息を漏らすのが聞こえ、ウラディーミルは手紙を破ってしまおうかと思った。

もしあなたの片目が罪を犯させるなら……

安心なのは、看護婦のブランシュがエレーヌと一緒にいることだ。ブランシュのことは嫌いだと言ってもよいほどだったが、一目は置いていた。一方、彼女が自分を軽蔑しているのはわかっていた。それでも彼女には感心していた。彼女のおかげで赤ん坊が生まれるのは確かなのだから……。

千フランもらっていくのはまちがったことだろうか？　もちろん、一番いいのは全部置いていくことだ……。

いや！　ウラディーミルはさらに蓄音機もレコードも持っていくことにした。それは二人のものだった。だが、それでも、結局、恵まれているのはブリニの方だから……。

ブリニを起こしてなぜこうするのかを話し、自分がしたことを洗いざらい話して、一時間ばかりお涙ちょうだいのひとときを過ごすこともできただろう。

だが、それは思いとどまった。ウラディーミルは音を立てないようにして部屋を出た。階下に下りると支配人が待っていた。ウラディーミルがトランクと蓄音機を持って出発しようとしている姿を目にしたせいで、いっそう警戒するような様子を見せた。

「お支払いはどなたがされるんですかね？」

ウラディーミルが払ってもよかった。だが、それでは千フランに手をつけることになってしまう。

ブリニには三千フランあるじゃないか！

「友だちが金を持っています」

「それは確かですね？」

「誓って本当ですとも！」

本当だ。というのも、自分で一枚一枚、金を数えたからだ。

「ゲオルギー・カレーニンは見つかったのかい？」

「ああ……。もうすぐフランスに帰るらしい。ところで、聞いてくれ。ホテルにちょっとした仕事はないかな？」

「難しいな……。来週また来てみてくれ……」

サーシャが言ったのは、以前ブリニに言ったのとそっくり同じ言葉だった。その結果、ブリニは簡易宿泊所に行きつくまで、通りでヒマワリの種を売っていたのだ。

もはや道には溶けた雪すらなく、ただ雨が降っていた。

ウラディーミルには千フランあった。わざわざそんな大きな金額とは縁もないような小さなカフェに行き、金を崩した。ウラディーミルはウォトカを飲み、一杯、また一杯とグラスを重ねた。一度には二十フラン分程度しか飲めず、これで計算すると、ブリニのような状態になるのには、一か月ほどかかるだろう……。

その考えは酔いとともに浮かんできたものだった。つまり、罪を償うには、ブリニと同じ人生を生き、最後には汚いひげを伸ばし、シャツも上着もなく、簡易宿泊所に行きつかなければならないのだ……。

「わかるだろう……」次の週、サーシャを訪ねるところ言われた。「仕事の口はどうにかすれば見つけられる。だけど、問題は労働許可証なんだよ」

ウラディーミルは微笑んだ。サーシャに会いにいく前から飲んでいた。ウラディーミルは満足だった。自分がゆっくりと、ブリニが歩んだ人生を、簡易宿泊所への道を歩んでいたからだ……。

すべてが順調に進んでいた……。そうだとも！　考えれば考えるほど、何もかもがうまくいっていた……。日曜の午後には、助役はポリトの店のベンチソファに横たわって居眠りをし、リリはカウンターでグラスを洗っていることだろう……。

それでもやはり、これがまさに自分の望んだ道なのだ……。

ウラディーミルは満足だった。すべては順調に進んでいる！

解説

【注意】作品を読了後にお読みください。

瀬名秀明

本書はジョルジュ・シムノンが一九三八年にガリマール社から刊行した長篇『*Chemin sans issue*』の全訳である。作家シムノンはその作風の変化や社会的評価などから前期、中期、後期と三つの時代に分けて論じられることが多い。この区分はフランスのミステリー作家、トマ・ナルスジャックの評論書『*Le cas Simenon* シムノンの場合』[1]（一九五〇、再刊二〇〇三）の記述から広まったものと思われ、シムノンを語る際に使い勝手がよいのだが、実は厳密にどこまでが前期でどこからが中期か、またどこから先が後期と考えるのかは検討の余地を残し、作家シムノンの本質と密接に関わる問題でもある。そして今回紹介する本作『袋小路』は、まさにシムノンが前期から中期へと移るその過程で書かれた長篇のひとつであり、シムノンがさらに一歩未来へ踏み出そうとしていた時期の、優れた意欲作であったといえるだろう。

本叢書第一弾として紹介された『月射病』（一九三三）から本作発表まで、五年の歳月が過ぎている。

この間、シムノンは《メグレ警視》シリーズを第一八作『第1号水門』（一九三三）と第一九作『メグレ再出馬』（一九三四）で終わらせてけじめをつけた後、ファイヤール社からガリマール社へと出版元を移籍した。『第1号水門』はパリ司法警察局を定年前に退職することを決意したメグレが、引退間近の時期に成り上がりの男と対決する物語であり、『メグレ再出馬』はすでに引退し田舎で隠居生活を送っていたメグレのもとへ現役刑事の甥が助けを求めにやってきて、メグレは久しぶりに司法警察局へ赴くが、時代の移り変わりに戸惑いも見せるという筋立てである。シムノンはファイヤール社時代で明らかに《メグレ警視》シリーズを一度終わらせようとしたのだが、実際はガリマール社への移籍後も（不本意ながら）徐々にメグレを復活させてゆき、最終的に作家を引退するまでメグレとのつき合いが続いたことはよく知られている。

　ロマン・デュール作品としては、『仕立て屋の恋（イール氏の婚約）』、『月射病』、『運河の家』に続いて、自らの青春時代を振り返った『赤いロバ』（抄訳）、〝世界作家〟シムノンがトルコとソヴィエト・ロシアの問題を取り上げた『*Les gens d'en face* 向かいの人々』、田舎の牧場を舞台に人間の嫌らしさを暴いた『*Le haut mal* てんかん』[2]、そして本邦でも戦前に紹介され江戸川乱歩が激賞した『倫敦《ロンドン》から来た男』

1　トマ（トーマ）・ナルスジャックの評論書は『*The Art of Simenon*』（一九五二）として英訳されている。本邦ではメグレシリーズを論じた第八章のみ、小副川明訳によって「メグレ警部論」（中田耕治編『推理小説をどう読むか』三一書房、一九七一収載）または「メグレ警視論」（長島良三編『名探偵読本2 メグレ警視』パシフィカ、一九七八収載）として紹介されている。

2　『高き悪』（二〇二三）の題名で同人研究の体裁による邦訳紹介の試みがあったが、一般書店には流通していない。

(ここまですべて一九三三年の執筆・刊行) が矢継ぎ早に書かれ、多少刊行月の前後はあったが順調に発表されていった。

次の長篇『下宿人』(一九三四) から出版元がガリマール社に移行する。ガリマール社はシムノンが一九三二年にアフリカを旅行したとき、紀行エッセイを書くとの約束で旅費を前借りしたグラビア誌《ヴォワラ》の版元でもあり、当時からつき合いが始まっていたと見てよいだろう。ナルスジャック流の区分に従うならここで中期シムノンが始まったことになるが、実際は前年にファイヤール社で出していたロマン・デュール作品群から大きく作風が変化したわけではない。移籍後第一作の『下宿人』こそ良質なサスペンスを提供できていたが、次の『情死 (自殺者たち)』(一九三四) は物語の牽引力に欠けるように思われる。またシムノンが世界旅行に精を出したためもあってか、次第に発表作品の持つ力は退行していったようにも感じられる。そうした懸念を払拭し、作家としての底力を改めて示して見せたのが、オランダのフランドル地方を舞台にした圧倒的な破滅小説『人殺し』(一九三七) と、それに続いて書かれた本作『袋小路』であった。この後シムノンは『*Le Blanc à lunettes* 眼鏡の白人』(一九三七) でアフリカ小説にいったん区切りをつけ、勝負作『ドナデュの遺書』を南仏ポルクロール島で一九三六年七月から八月にかけて執筆し、翌一九三七年四月に書き下ろし長篇として世に問うことになる。

ある大家族の人生模様を長いスパンで描き出した『ドナデュの遺書』はそれまでのシムノンの最大長篇であり、この形式はフランスでそのころ読まれていたロジェ・マルタン・デュ・ガールの《チボー家の人々》などの大河小説を意識したものであったろう。そして実際、『ドナデュの遺書』刊行後ほどなくして「リエージュ出身のフランス語作家」がゴンクール賞の最有力候補になったとの噂が広まると、シムノンは悪い気がしなかった。むしろ最有力者になって当然だと自信を深めたかもしれない。だがその年のゴンクール賞は同じくリエージュ出身でパリ在住の作家、シャルル・プリニエの『偽旅券』（井上勇訳、板垣書店、邦訳一九五〇）に贈られ、シムノンはこの結果を知ってさすがにショックを隠しきれなかったと伝えられている。

だがいずれにせよ三〇代の新進気鋭作家であったシムノンは、勝負作『ドナデュの遺書』を書き終えることでその青春時代を終えたといえるのではないだろうか。シムノンの作家活動のどこまでを前期とするか、定説があるわけではないが、私は『ドナデュの遺書』がシムノン前期を締め括る一作であったと考えたい。今回の『袋小路』はその一大勝負を間近に控えた一九三六年春に書かれた、まだ巨大な炎が誰の目にも見えるわけではないが、まさに熾火となって焚き火の芯から燃え始めた瞬間の作品である。同年秋に《Paris-Soir パリの夜》紙に連載され、一九三八年に書籍化されたため、刊行こそ『ドナデュの遺書』より遅くなったが、本作には『ドナデュの遺書』の直前に蓄えられた作家の力が漲っている。

本書最大の読みどころをあえて先にお伝えしておこう。

ミステリーの世界に〝最後の一撃 The finishing stroke〟という言葉がある。長篇の最後の一行に驚愕の真相が提示されるタイプの物語構造のことで、読者の思い込みをラストで一気にひっくり返してみせる衝撃度の高い作品を指す。そのため「この小説は〝最後の一撃〟が待ち受けているよ」と特定の小説に関して他者に漏らすこと自体がミステリーの世界では御法度であり、ネタばらし行為だということになるのだが、それを踏まえた上で述べておきたいのは、まさに本作『袋小路』こそ最後の一行で読者のあなたを驚愕させる、作家シムノンの真価が発揮された長篇だということなのだ。そしていっそう驚くべきなのは、このようにして本作が最後の一撃をもたらすと事前に知ってしまったとしても、おそらく最終行を読んだ後のあなたの衝撃はまったく減じないどころか、こんな結末があり得るのかと作者の創造性と独創性に感嘆するであろうことなのである。私は本作を初めて読了したとき、あまりに感銘を受けて「シムノン、おまえ、天才だろ」と感想を書いたほどだ。

　これは私たちがシムノンという作家をどう読めばよいのか、どのように接すれば読書の醍醐味が感じられるのか、という重大な問いに対するひとつの回答でもある。本書を読むことで私たちはシムノンの楽しみ方がいっそうわかるようになる。それはミステリーや犯罪小説といった枠組みや、エンターテインメントか純文学かなどといった対立の議論を超えた〝シムノン小説の愉しみ〟であり、すなわちそれは私たちひとりひとりがシムノンの理想とした〝裸の人間〟として純粋に読書の歓びを味わうことに他ならない。

　物語は南仏リゾート地として有名なカンヌとアンティーブのちょうど中間地点に位置する港町、ゴルフ＝ジュアンから始まる。シムノンを読むときのコツとして、まず実際に地図で舞台とその周辺の町名などを眺めておくのがよい。シムノンはとても正確に地理情報を描出する作家なので、登場人物がどのように移動していったかを確認できると、私たち日本の読者も話の内容が頭に入りやすくなるためだ。

　なおシムノンといえば私たち日本の読者はどうしても反射的にフランスの首都パリを思い出すものだが、実はシムノンには紺碧海岸《コート・ダジュール》付近を舞台にした作品も多い。異郷の雰囲気を持つこの地域を彼自身が好み、何度も足を運んだためだろう。南仏を描いてもシムノンはやはりシムノンなのである。

あと一週間で復活祭、春の特別な日曜日がやってくる、という時期だ。しかし期待している晴天にはなかなか恵まれず、何か月も雨雲が空を覆っている。地元の《ポリトの店》には朝からいろいろな客がやってくるが、そのひとりが係留した白い船を寝起きの場としている男、ウラディーミル・ウロフ三八歳だ。彼はロシア出身で、同郷のいくらか年下の男、ブリニ（ゲオルギー・カレーニン）三五歳と船で暮らしている。その船《エレクトラ号》はカンヌ山手のミモザ館で享楽的な生活を続けるジャンヌ・パプリエ夫人の所有物であり、彼らはいわば船の世話役として夫人に雇われているのだ。ジャンヌの娘エレーヌはブリニと時間を過ごすことが多い。ウラディーミルとブリニの男ふたりが南仏に辿り着いた経緯は最初のうち読者に示されず、久々に空が晴れ渡った月曜日の朝、さっそく事件はミモザ館と船室から始まる。

最初のうち、ひょっとすると多くの方々は、澱みのなかに嵌まり込んだかのように、ページをめくる手が遅くなってゆくのを感じられるかもしれない。私自身、何度本作を読み返しても、前半部分は数度の休憩を挟むことになった。それは冒頭で起こった事件が一冊の小説を終わりまで興味を牽引するほど魅力的なものに見えないためだ。誰が事件を起こしたのかはわかっているし、すぐに決着もついて、事件を起こした人物そのものは疑惑も持たれることなく生活を続ける。物語がどこへ向かおうとしているのかわからず、戸惑ってしまうのである。だが休憩を何度か挟んでもよいので、どうかそこで読むのをやめることなく、もう一度ページを開いて読書を再開してみてほしい。私自身、何度も読んで同じ場所でおのれの気持ちにスイッチが入るのを感じるのだが、後半になって俄然惹き込まれるこうした構成はシムノン作品の大きな特徴のひとつでもあるのだ。

前半の舞台となるゴルフ＝ジュアンとその近辺は富裕層が集まる場所だ。しかしその高台で暮らす夫人は周囲に人を侍らせ、贅を尽くして享楽に耽っているにもかかわらず、つねに心は孤独なのである。彼女は愛人として囲っているウラディーミルだけには弱い心の内を明かすが、一方でウラディーミルもまた孤独であり、本来なら同郷でもっとも仲がよい友であるはずのブリニに対して、自分でもうまく説明できない嫉妬心を抱いている。本作で起こるふたつの事件は、読み進めている最中には、その動機さえも読者にはよくわからないものだ。ただの衝動的な犯罪ともいいきれない、すっぱりと理解できないもどかしさと居心地の悪さが残る。こうした展開が物語の前半に繰り広げられるため、物語のどこに吸引力を見出せばよいのかわからなくなってしまう。

それでも第4章から始まる復活祭の日曜日の一日は、祝祭の儚さと脆さをシムノンならではの筆致で描き出して秀逸である。リゾート地はどこも喧噪に充ち、人々は何の疑問もなく祝日を満喫すべく街へと繰り出し、大勢の観光客は街路に車を停めて通行を妨げるほどであり、歌や踊りが夜まで繰り返される。そうしたなかでジャンヌは「誰かいないの？」と訴えるほかない。そんな驕った孤独を抱えた上に、続く第5章で彼女はこんなことをいう。「昔は、わたしも他人に同情したものよ。でも、今はもうしないようにしているの！　そうでなければ、最初に自分を憐れんでしまうもの」――シムノン作品はしばしば共感の小説だといわれるが、この台詞からもわかる通り、決してシムノンは単純な同情心や共感は描かない。人間という生きものが他者の心情を推し量り、それに基づいて行動する、そうした極めて複雑でいまなお科学の最前線といえる多くの課題をシムノン作品から見出すことができるのだ。本作には何人もの人物が登場するが、まず私たちはジャンヌ夫人の心を感じることで、その後は次々と他の登場人物の内面にも入り込めるようになってゆくだろう。シムノンは〝人間の持つ本当の人間らしさ〟を私たち読者の心から引き出すのである。

シムノン作品のさらなる特徴として、文章の流れのなかで客観的描写と登場人物個人の胸中が継ぎ目なく往復することが挙げられる。たとえば本作第4章の前半部に顕著だが、主人公ウラディーミルの心情と私たち読者との距離感が何度も行ったり来たりと変化してゆくことに多くの読者は気づかれることだろう。ウラディーミルの行動を描写しているはずが、いつの間にか文章は彼の内面に入り込み、彼の呟きや独り言となって表現される。またシムノンはしばしば時間や場所をすばやく変える。これもまたシムノン特有の意識の流れ、あるいはカメラアイの動きなのである。作者シムノンのなかではすべてが繋がっており、ときには唐突に思える時間や場所の移動もシムノンの見えている景色のなかではすべてが必然性を持っている。〝シムノンの目〟になったつもりで物語を読み進めてゆく――これもシムノンを豊かに読むためのコツのひとつだ。

復活祭から二か月が経った第6章以降、本作は大きく動き出す。そして舞台もまた躍動を始め、ウラディーミルは南仏を離れて遠い世界へと向かうことになる。ここまでで私たちはウラディーミルとブリニのふたりがこれまでどのように生きて、どのように南仏まで辿り着いたか、それらの経緯を知ることになる。三歳若いブリニはそのときまだ学校にいたが、ウラディーミルは一九一七年のロシア革命を一七歳の若者として生き延びたひとりだった。第4章で彼はこう回顧している――「たった三か月だったが、ウラディーミルはとてつもない経験をした。あまりにも強烈な経験で、その記憶はまるで悪夢のようだ」と。

一九一七年のロシアでは二月と一〇月に二度の革命が起こった。第一次世界大戦のさなかのことである。二月の革命で皇帝ニコライ二世が追われ、ロマノフ王朝は終わりを迎えた。そして自由主義者と名乗る人々が新しい国をつくろうとした。しかし臨時政府を構えた自由主義者もまた上流社会に属する者たちであって、一般の労働者や農民たちとは乖離があった。そこで自らを民衆の代表だと唱える社会主義者たちが一〇月に再び革命を起こす。ロシアの政情はベルギー出身のシムノンにとって大いなる関心の対象であったろうし、生きる上でも影響を被ってきただろう。実際シムノンは世界旅行の一環としてソヴィエト・ロシアの一部を訪ねているし、本作以前にも『向かいの人々』でロシアを取り上げていることは先に述べた通りだ。一九三三年六月にはレフ・トロツキーと面談しインタビュー記事[3]も書いている。しかし本作のように小説のなかではっきり「デニーキンの軍」などと固有名詞を出して歴史上の事件に言及することは珍しい。

一九一七年八月、臨時政府軍の最高総司令官であったラーヴル・コルニーロフが、首相アレクサンドル・ケレンスキーの支持を得て反乱を起こしたと伝えられ、コルニーロフの軍はペトログラードに向けて進んだものの、結果的にコルニーロフは逮捕されクーデターは失敗に終わってしまう。その後、左派の一派（ボリシェヴィキと呼ばれた）が武装蜂起し、臨時政府を倒したのが一〇月革命である。近現代ロシア史研究者の池田嘉郎は著書『ロシア革命 破局の8か月』（岩波新書、二〇一七）で興味深いことに、九月時点でのロシアの状況を、小見出し欄で「袋小路」と表現している。本作のタイトルと同じであり、ロシアもまた袋小路に陥っていたのである。その出口なしの状態から一〇月革命が生じたわけだが、ソヴィエト・ロシアの政情はその後も安定することはなかった。一九一八年、第一次世界大戦からは離脱したものの、ドイツに対する立場の違いから内戦が起こり、先のコルニーロフは戦死する。このときコルニーロフ（白軍）側について戦ったひとりが南ロシア政府（当時）の軍総司令官アントーン・デニーキンであり、戦闘は多地域にわたって数年間続き、その後の干魃と相まって多くの犠牲者や餓死者が出た。

ウラディーミルはそのロシア革命と内戦という戦争状態を、わずかな期間であってもその身をもって体験したのであり、おのれの家族も巻き添えになった。同じロシア人であってもわずかな年齢の差で戦場に行っていないブリニとは体験の質が異なる。中盤以降のウラディーミルは「あんな汚れた世界にずっといながら、おまえは汚れることなく生きてきた」とブリニに対するおのれの嫉妬の原因を理解するが、そこには戦場で生死の境を目の当たりにした自分に対する憐憫の情も含まれていたかもしれない。こうした背景が、本作のとりわけ前半部における曖昧で不合理なウラディーミルの行動の深層的根拠となっているのだとも考えられる。これら前半の曖昧さは後半で一気に繋がり合い、ひとつの大きな物語構造を形成してゆく。孤独な船長ウラディーミルは過去を振り切って生まれ変わろうとするのである。

いっさいのしがらみを棄てて新しい人生を歩もうとする——こうした人間像がしばしば描かれるのもシムノン作品の特徴のひとつだ。シムノンの描くメグレ警視に対して〝運命の修繕者〟という表現が使

3　このときの取材記事「*Chez Trotsky* トロツキー宅にて」は一九三三年六月、《パリの夜》紙に全二回で掲載された。記事はプリンキポ島に滞在するトロツキーの家へシムノンが赴くまでの前半と実際のインタビュー内容である後半からなり、本邦では後半のみが『トロツキー著作集 1932-33・下』（湯川順夫訳、柘植書房、一九八九）に「ジョルジュ・シムノンによるインタビュー（一九三三年六月六日）」として収められている。

われることがある。とある評論家が用いてメグレの代名詞として広まったものだが、しかし運命を修繕するとはいかなることだろうか。あたかも列車が線路の分岐点で進むべき方向を間違え、脇道へ逸れてしまったのを、ふたたび転轍士が次の地点でうまく調整して本来の車線に戻してやるということだろうか。少なくとも前期や中期のメグレ警視がおこなっていたのはそのようなことではない。初期のメグレものの『黄色い犬』（一九三一）や、あるいはメグレが初めて登場したペンネーム時代の作品『マルセイユ特急（夜の列車）』（一九三〇）が代表例だが、メグレは運命が悪い方向に進んでしまった男女の人生を〝修繕〟するのではなく、事件が起こる前まで彼らを送り戻し、別の並行世界の人生を歩ませることで決着をつける。事件の存在しなかった別の人生を指し示す。これがとりわけ初期におけるメグレものの常道であり、まさに本作でウラディーミルが願ったのは人生の針を巻き戻すことであった。

もちろんそうした絵に描いたかのような希望は、たんに身勝手な、おのれにのみ都合のよい願望に過ぎない。しかしそんな勝手な未来をつい思い描き、それにすがりついてしまうのも、誰もが持つ宿命的な〝人間らしさ〟であるとシムノンは知っているのである。

本作のタイトルは実に暗示的だ。ここに作者シムノンの技巧が込められているといってよい。作家アンドレ・ジッドが後に書簡[4]で指摘したように、シムノンという作家はまさに自分でもそれと気づいていないかのような自然さ、さりげなさでもって、凄まじい技巧を読者に放ってくる。私たちは本作のタイトルが「袋小路」なのだから、本作の登場人物、とりわけ主役のウラディーミルは、物語を通してどんどん袋小路に嵌まり込んでゆくのだろうと容易に想像する。実際、本作はその通りの物語なのだが、タイトルで物語の行方がわかっていてもなお、本作の後半部は私たち読者の心をぐいとつかんで放さない。

彼は旅人となる。旅をすることが仕事の一部である集団のなかに入り込み、そしてブリニの消息を追って国境を越えてゆく。一〇月、もう冬がやって来るという時期になって、彼はブリニの居場所を突き止め、かつて暮らした船室からふたりの思い出の品である蓄音機を持ち出して、遥か遠くの都市を目指す。ひとつの地平線。ひとつの未来。「そして呼び子が鳴る……」という一文の反復が、音楽のように読者の心を掻き立てる。第10章冒頭の描写は見事だ。私たちも彼と〝本物の汽車〟に乗って、遠い異国へ――ウラディーミルとブリニにとっては思い出の地へと、ともに向かうかのような旅情を覚える。シムノンは船好きで知られるが、列車の旅を書くときもその筆は冴えるのだ。

彼は目的の駅で降り、大切な蓄音機をいったんは置いて、ブリニを捜す。彼は荒んだ地区に建つ大きな簡易宿泊所にブリニがいることを知る。ごろつき連中が外で金銭をせびるほどの場所だが、ウラディーミルは友人を見つけ出すため危険も顧みず建物に入ってゆく。彼は何度もブリニの名を叫び、そしてついに彼はブリニを見つける！　もちろん読者のほとんどはこのような展開になることを充分に予想し、また期待しているはずだ。ふたりが手に手を取り合って外の自由な世界へと出てゆく場面は〝絵に描いたように〟感動的である。本来なら物語はここで終わってよいはずなのだ。

しかしさらに物語は残っている。そして最後の一行へと至ったとき、私たち読者は驚愕する。その余韻はいつまでも、おそらく私たちの心に死ぬまで一生残ることだろう。これをミステリーでいうところ

4　一九四五年七月一四日付、シムノンの長篇『帰らざる夜明け』（一九四四）を読了した直後のジッドが、興奮した筆致でシムノンに感想を送った際に書き記された。

の「最後の一撃」と呼んでよいものだろうか。私たちは凄まじい衝撃を受ける。だがこの驚きは、ふだんミステリー小説を読んでいるときに感じる、あまりに意外な犯人や斬新なトリックを明かされたときに思わず叫ぶ、「やられた！」「そうだったのか！」といったあの感情とは異なるものではないだろうか。

この最後の一行に書かれているもの、それは希望であるが、絶望である。これはポジティヴな結末であるが、同時にまったく逃れようのないネガティヴな結末でもある。ここにあるのは何か。喜び。悲しみ。人生。刹那。未来。宿命。そのすべてなのである。私たちはまったく思いもしなかったかたちでタイトル「袋小路」の伏線回収を目の当たりにすることになる。こんな技巧を、シムノンは実に〝さりげなく〟書き残すのだ。これこそがシムノンの最大の魅力であり、読みどころだといえるのではないだろうか。

シムノンという作家は《メグレ警視》シリーズでよく知られているため、一般にミステリー作家の範疇で語られている。私たちもミステリーを読みたいという想いからシムノンの本を手に取ることが多いかもしれない。だが一方で、とりわけ本作のようなロマン・デュール作品においては、読み方がわからないと困惑する人も多いという。ミステリーなら犯罪が起こり、探偵役がそこに残された謎を解き、犯人を挙げて落着する。謎が解けて事件が解決することがミステリー小説のカタルシスであり、多くの人はそのカタルシスを求めてミステリーを読むのだろう。しかしシムノンの小説では（しばしば《メグレ警視》シリーズにおいてさえ）そうしたミステリー小説のフォーミュラが当て嵌まらない。謎は謎のまま残されることもあるし、事件が法的ないし道徳的な決着を見ないまま物語が終わってしまうことさえある。ミステリーを期待して読んだのに、どこを面白がればよいのかわからない、という意見が出るのはもっともなことだ。

しかしシムノンのことを「ミステリー作家ではない」と断言してしまうのも決して正しい結論ではない、と私は思う。シムノンは娯楽に徹して優れた探偵小説を書く技量にも長けており、書こうと思えばフォーミュラに則った楽しいミステリーを難なく執筆することもできたからである。実際、第二次世界大戦で人々が娯楽を求めていた作家中期にあたる時期、シムノンは『チビ医者の犯罪診療簿』や『O探偵事務所事件簿』（いずれも一九四三）といった楽しい読みものシリーズを書いている。

だが、だからといってシムノンは「小器用な作家」とレッテルを貼って済ませられる作家でもないのだ。では私たちはどのように作家シムノンと接すればよいのか。本作がよいヒントとなる。

本作のラスト一行が決してミステリーの作法の範疇では論じきれないように、シムノンを読むときはまずその文章に身を委ねて、シムノンのいうところの〝裸の人間〟となって、無心に進んでゆくのがいちばんよいのだと私は思う。もちろん最初に手に取ったきっかけはミステリーが好きだからという理由でも構わない。フランス文学が読みたいという興味からでも問題はない。フランス語の勉強になると語学授業で原書を勧められた方もおられるだろう。シムノンを読み始める動機はいつでもさまざまであってよい。

しかしおそらく読み始めれば自分でも気がつかないうちに、私たちは文明のしがらみに捕らわれながらもおのれが生来的に持っている〝人間の人間らしさ〟でもってシムノンの描く登場人物らと繋がり合い、そして彼らが見る光景を、たとえパリでなくそれが遠い異国の地であったとしても、彼らと同じ目で見て、ともに感じ取ることができる。これがシムノンを読む醍醐味なのだ。

本作のような小説はシムノンにしか書けないのではないだろうか。

この結末を読んでしまったら、もっとシムノンを読みたいと欲するほかにないのである。

［著者紹介］

ジョルジュ・シムノン（Georges Simenon）

1903年、ベルギーのリエージュに生まれる。十代半ばから地元紙の記者として旺盛な執筆意欲を発揮、1922年よりパリで作家修業を始める。多くのペンネームでコント、悲恋小説、冒険小説を次々と発表し、やがて謎解きものや犯罪小説も手がけるようになる。1930年に本名のジョルジュ・シムノン名義で《メグレ警視》シリーズの第一作を新聞連載、1931年から書き下ろしでシリーズ長篇を毎月刊行し、たちまち人気作家となった。1933年からメグレではない心理小説、《硬い小説（ロマン・デュール）》の長篇も精力的に発表し始める。第二次世界大戦後は北米に移住、その後は主にスイスで執筆を続けた。1972年に引退を表明し、以降は日々の想いを口述録のかたちで刊行していたが、娘マリー＝ジョーの不幸な死を受けて1981年に大部の『私的な回想』を発表、その内容は議論を呼んだ。1989年にローザンヌの自宅で死去、享年86歳。シムノン名義で書かれたメグレものは長篇全75作、中短篇全28作。ロマン・デュール長篇は117作といわれている。フランス語圏を代表する作家のひとり。

［監修者紹介］

瀬名秀明（せな・ひであき）

1968年静岡県生まれ。1995年に『パラサイト・イヴ』で日本ホラー小説大賞を受賞しデビュー。1998年に『BRAIN VALLEY』で日本SF大賞、2021年に『NHK 100分de名著 アーサー・C・クラークスペシャル ただの「空想」ではない』で星雲賞ノンフィクション部門をそれぞれ受賞。小説の他に科学ノンフィクションや文芸評論も手がける。2014年末よりジョルジュ・シムノンの作品を毎月一冊読んで感想を書くウェブ連載《シムノンを読む》を開始、2024年に連載100回を越え、現在も継続中。

［訳者紹介］

臼井美子（うすい・よしこ）

翻訳家。大阪大学文学部卒。訳書にデルフィーヌ・オルヴィルール『死者と生きる』（早川書房）、エリック・カウフマン『WHITESHIFT――白人がマイノリティになる日』（亜紀書房）、ジェラード・ラッセル『失われた宗教を生きる人々――中東の秘教を求めて』（亜紀書房）、ナタリー・ゴンタール、エレーヌ・サンジエ『プラスチックと歩む――その誕生から持続可能な世界を目指すまで』（監訳／原書房）、ローラン・オベルトーヌ『ゲリラ――国家崩壊への三日間』（東京創元社）など。

Chemin sans issue 1938

シムノン　ロマン・デュール選集
袋小路

2025年4月16日　第1刷発行

著者
ジョルジュ・シムノン

監修者
瀬名秀明

訳者
臼井美子

発行者
田邊紀美恵

発行所
有限会社東宣出版
東京都千代田区神田神保町2－44　郵便番号101－0051
電話(03) 3263－0997

ブックデザイン
塙浩孝（ハナワアンドサンズ）

印刷所
亜細亜印刷株式会社

Printed in Japan
ISBN978-4-88588-116-9
落丁本・乱丁本はお取り替えいたします。
本書のコピー、スキャン、デジタル化等の無断複製は著作権法上での例外を除き禁じられています。本書を代行業者等の第三者に依頼してスキャンやデジタル化することは、いかなる場合も著作権法違反となります。